Roberto Benigni
Mein Dante

Roberto Benigni

Mein Dante

Aus dem Italienischen
von Franziska Kristen

Luchterhand

Die Originalausgabe erschien 2008 unter dem Titel
Il mio Dante bei Einaudi, Torino.

Die Passagen aus der *Göttlichen Komödie* sind der Übersetzung von Ida und Walther von Wartburg in der Ausgabe des Manesse Verlag, Zürich 1963, entnommen. Der Text wurde behutsam der neuen Rechtschreibung angepasst.

FSC
Mix
Produktgruppe aus vorbildlich bewirtschafteten
Wäldern und anderen kontrollierten Herkünften
www.fsc.org Zert.-Nr. GFA-COC-001223
© 1996 Forest Stewardship Council

Verlagsgruppe Random House FSC-DEU-0100
Das für dieses Buch verwendete FSC-zertifizierte Papier
Munken Pocket liefert Arctic Paper Munkedals AB, Schweden.

1. Auflage

Satz: Greiner & Reichel, Köln
Druck und Einband: CPI – Clausen & Bosse, Leck
Printed in Germany
ISBN 978-3-630-62190-6

Besuchen Sie unseren LiteraturBlog www.transatlantik.de
www.luchterhand-literaturverlag.de

Dante vortragen

von Umberto Eco

Laut De Mauro war der italienische Grundwortschatz, als Dante die *Göttliche Komödie* zu schreiben begann, zu sechzig Prozent herausgebildet und am Ende des Jahrhunderts, mit neunzig Prozent, nahezu vollständig. Das heißt, dass von den rund zweitausend Wörtern, die man auf jeden Fall braucht, um Italienisch zu sprechen und sich denen, die es sprechen, verständlich zu machen, mindestens tausendzweihundert bereits bei Dante zu finden sind.

Für die Entwicklung Italiens als Nation ist dieses Phänomen allerdings als negatives Zeichen zu werten: Wenn nämlich das gesamte Volk, die Kaufleute, Handwerker, Richter, Soldaten, Bauern und der König von Anfang an Italienisch gesprochen hätten, wäre es zu einer Veränderung der Sprache gekommen wie im Englischen und Französischen, die sich derart weiterentwickelt haben, dass ein Franzose oder Engländer, der heute einen Autor aus der Zeit Dantes liest, ziemlich wenig versteht, so als handle es sich um eine andere Sprache. Liest man dagegen: »Nel mezzo del cammin di nostra vita/mi ritrovai per una selva oscura«

[dt.: »Wohl in der Mitte unsres Lebensweges/geriet ich tief in einen dunklen Wald«], wird jeder, der einigermaßen Italienisch beherrscht, nahezu alles verstehen (höchstens das Wort »selva« [dt.: »Wald«] könnte dem ein oder anderen Schwierigkeiten bereiten).

Mag sein, dass es kein gutes Zeichen ist, wenn immer noch das Italienisch des 14. Jahrhunderts gesprochen wird, aber zum Trost gibt es Benigni, der für uns Dante lesen kann, weil Dante sprachlich aktuell ist. Außerdem gelingt es ihm, durch Klang, Betonung sowie durch Gefühl (und nicht zuletzt durch die Bemerkungen, die er seinem Vortrag voranschickt) auch ungebräuchliche Ausdrücke oder allzu gewagte syntaktische Konstruktionen verständlich zu machen, so dass man zumindest die Gesamtbedeutung einer Terzine erfasst. Wobei ich glaube, dass nicht einmal Laurence Olivier in der Lage wäre, seinen Landsleuten Chaucer nahezubringen (der immerhin ein dreiviertel Jahrhundert moderner ist als Dante).

Ein zweiter Faktor für den Erfolg von Benignis Dante: Er trägt ihn vor, und zwar mit toskanischem Akzent. Das heißt, er tut genau das, was Dantes Zeitgenossen taten, wobei das wiederum ganz in Dantes Sinne war, solange sie es auf die richtige Art und Weise taten. Nehmen wir einmal die vierzehnte Novelle aus Sacchettis *Trecentonovelle*, wo erzählt wird, dass Dante, als er wegen einer privaten Angelegenheit in der Nähe der Porta San Pietro unterwegs war, einen Schmied sah – oder schlimmer noch – hörte,

> der Eisen auf dem Amboss hämmerte, sein Gedicht … [sang], wie man einen Gassenhauer singt, wobei er seine Verse untereinandermengte, verstümmelte und mit Zusätzen versah, was Dante als eine sehr schwere Beleidigung empfand. Ohne ein Wort zu sagen, näherte er sich der Werkstatt des Schmiedes, wo sich viele Eisenwerkzeuge befanden, mit deren Hilfe er sein Handwerk ausübte, ergriff den Hammer und warf ihn auf die Straße, dann packte er die Zange und warf sie ihm nach, dann die Waage, und so warf er viele Eisengeräte auf die Straße. Der Schmied kehrte sich mit wilder Gebärde gegen ihn und rief:
> ›Was zum Teufel tut Ihr, seid Ihr verrückt?!‹
> Worauf Dante:
> ›Und du, was machst du?‹
> ›Ich treibe mein Handwerk‹, entgegnete der Schmied, ›und Ihr verderbt mir meine Werkzeuge, indem Ihr sie auf die Straße werft.‹
> Da sagte Dante:
> ›Wenn du nicht willst, daß ich deine Sachen verderbe, so verdirb auch nicht die meinen.‹
> ›Oh, was verderbe ich Euch denn?‹, fragte der Schmied.
> ›Du singst mein Buch‹, erwiderte Dante, ›hältst dich aber nicht an meine Worte, das ist mein Handwerk, und du verdirbst mir's.‹
> Der Schmied, noch ganz aufgeregt, wusste nichts zu antworten, sammelte seine Werkzeuge auf und kehrte wieder

zu seiner Arbeit zurück. Und wenn er singen wollte, sang er von Tristan und Lancelot und ließ den Dante in Ruhe.

Kommen wir zur fünfzehnten Novelle, die praktisch dieselbe Geschichte ist. Dante begegnet einem Eseltreiber, der (wie man politisch korrekterweise behaupten darf) dem Schmied, als Vertreter eines seinerzeit hochangesehenen Handwerks, hinsichtlich des Bildungsstandes unterlegen ist. Er hört diesen Eseltreiber,

der hinter einigen mit Kehricht beladenen Lasttieren herging und das Buch Dantes sang, und wenn er ein Stück gesungen hatte, dem Esel eins versetzte und gleichzeitig ›Hü!‹ rief.
Als Dante an ihm vorbeikam, gab er ihm mit der Armschiene einen kräftigen Schlag auf die Schulter und sagte:
›Dieses *Hü* stammt nicht von mir.‹
Jener wusste weder, wer Dante war, noch weswegen er ihm den Schlag versetzte, wenn nicht, damit er stark auf die Esel einhauen sollte, und er wiederholte:
›Hü! Hü!‹
Als er ein wenig entfernt war, wandte er sich nach Dante um, streckte ihm die Zunge heraus und wies ihm mit der Hand die Feige, wobei er rief:
›Da nimm!‹
Als Dante dies sah, sagte er:
›Ich würde dir nicht eine von den meinen für hundert von den deinen geben.‹

O köstliche Worte voller Philosophie! Gibt es doch viele, die hinter dem Eseltreiber hergelaufen wären und geschrien und getobt, und auch solche, die mit Steinen geworfen hätten. Der weise Dichter aber setzte den Eseltreiber in Verwirrung und erntete Lob von jedem ringsum, der ihn gehört hatte, für seinen weisen Ausspruch, den er einem so niedrigen Mann entgegenhielt, wie es der Eseltreiber war.

Die beiden Episoden lassen (ebenso wie die Tatsache, dass zwar nicht das Original, aber doch zahlreiche Handschriften der *Göttlichen Komödie* aus der damaligen Zeit existieren – so viele wie von keinem anderen Autor) eines deutlich werden. Dieses Werk war, wie man heute sagen würde, von Anfang an ein Bestseller, und zwar ein Bestseller fürs Volk, denn es wurde, wenn auch bisweilen mehr schlecht als recht, von Leuten gesungen, die es sicherlich niemals gelesen oder aus dem Mund eines halbwegs geübten Sängers vernommen hatten. Wenn also Benigni über die Plätze zieht, um Dante zu rezitieren, tut er genau das, was dessen Zeitgenossen taten.

Übrigens geschah das lange Zeit mit allen erfolgreichen Büchern, sogar noch im 19. Jahrhundert, als Sues *Geheimnisse von Paris* oder Dumas' *Der Graf von Monte Christo* Furore machten. Es gab zwar damals bereits eine entwickelte Kulturindustrie und die Werke erschienen in einzelnen Folgen in den Tageszeitungen; die meisten Leute konnten jedoch nicht lesen und versammelten sich deshalb am Abend auf der Straße oder im Hof, um dem klugen Kopf, der gerade an der Reihe war, dem Pförtner oder irgendeinem der Schrift kundigen Händler zuzuhören, so, wie man sich heute vor den Fernseher setzt, um Benigni zuzuhören.

Es besteht also eine Verbindung zwischen Benignis Lesungen und dem überwiegend mündlichen Schicksal von Literatur, insbesondere von Dichtung; und man sollte sich nicht daran stören, wie es vielleicht manche getan haben, dass sich ausgerechnet ein Komiker mit Dante befasst. Dichtung vorzutragen war lange Zeit Angelegenheit der Aöden, und es würde mich nicht wundern, wenn diejenigen, die früher Homer vortrugen (oder durch ihren Vortrag zur Entstehung des Mythos von Homer beigetragen haben), nachdem sie von Troja oder Ogygia erzählt hatten, noch eine Nummer als Feuerschlucker brachten, oder zumindest etwas auf der Leier klimperten, um den Abend abzuschließen, bevor sie mit dem Tellerchen herumgingen.

Es ist ein Fehler der heutigen Zeit zu glauben, Dichtung sei etwas für auserwählte Denker: Sie ist die volkstümlichste aller Künste, und sie entstand, um laut vorgetragen und auswendig gelernt zu werden. Welchen Grund sollte es sonst geben, Gedächtnisstützen wie den Fuß, das Versmaß oder den Reim zu verwenden?

Bei dieser Gelegenheit sei angemerkt, dass Benigni Dichtung deshalb so gut vorträgt, weil er nicht dem Laster vieler Sprecher erliegt, die *Enjambements* zum Verschwinden zu bringen, sondern weil er sie vielmehr hörbar macht. Bekanntermaßen spricht man von *Enjambement,* wenn das Ende eines Verses nicht mit dem Ende eines Satzes zusammenfällt, und der Satz im folgenden Vers fortgeführt wird. Ein typisches Beispiel sind diese Verse aus Leopardis Gedicht *Das Unendliche:*

… und tiefste Ruhe; da beschleicht die Seele
ein leises Grauen. Und wenn des Windes Rauschen
durch diese Bäume geht, halt ich die Stimme
dem Schweigen, dem unendlichen, entgegen …

Nun, das Geheimnis der Dichtung besteht darin, dass sie immer so gelesen werden müsste wie z. B.: »Sieh einmal, hier steht er [Pause] Pfui! Der Struwwelpeter!« Zumindest theoretisch muss es daher lauten: »… und tiefste Ruhe; da beschleicht die Seele [Pause] ein leises Grauen. Und wenn des Windes Rauschen [Pause] durch diese Bäume geht, halt ich die Stimme [Pause] dem Schweigen, dem unendlichen, entgegen …« Denn wenn der Dichter auf *Enjambements* zurückgreift, so ist das kein Zufall, und man muss deshalb nicht nur das Ende des Verses hörbar werden lassen, sondern gleichzeitig auch zu erkennen geben, dass der Satz im nächsten Vers weitergeht. Es ist ein Kampf zwischen Signifikant und Signifikat, zwischen rhythmischer Substanz und Bedeutungsgehalt. Der schlechte Sprecher denkt nur an die Bedeutung und rezitiert:

... und tiefste Ruhe; [Pause]
da beschleicht die Seele ein leises Grauen. [Pause]
Und wenn des Windes Rauschen durch diese Bäume geht, [Pause]
halt ich die Stimme dem Schweigen, dem unendlichen, entgegen ...

Um ein Beispiel von Dante zu bringen, hier zwei weitere Verse:

... mit einem Schiff nur und den wenigen
Gefährten, die mich nicht verlassen. (Inferno, XXVI.)

Der schlechte Darsteller würde sie vermutlich so vortragen:

... mit einem Schiff nur
und den wenigen Gefährten,
die mich nicht verlassen.

Ein fähiger Darsteller würde dagegen am Ende des Verses eine Pause einlegen, allerdings nur eine kurze, so dass einerseits der rhythmische Bruch, andererseits die semantische Kontinuität deutlich werden. Eine schwierige Kunst, die Benigni glänzend beherrscht.

Und warum geht er nicht der Prosa-Bedeutung auf den Leim? Weil Benigni nicht nur Schauspieler ist, sondern darüber hinaus ein anspruchsvoller Intellektueller; auch wenn er auf der Bühne herumspringt wie ein Clown, ist er – und zwar nicht erst seit seinen Dante-Abenteuern – ein sehr belesener, hochgebildeter und feinsinniger Mensch, der bisweilen selbst diejenigen überraschen kann, die ihn sehr gut kennen, wenn etwa in einem Nebensatz der Name eines eher unbekannten Autors fällt und sich herausstellt, dass Benigni ihn gelesen hat, möglicherweise sogar im Original. Weshalb diese *Lecturae Dantis,* was ihn betrifft, ein wenig wie Bekundungen einer Neigung zur fröhlich dozierenden Lehre erscheinen, die er seit Langem hegt (vielleicht um die vielen Ehrendoktortitel zu rechtfertigen, mit denen er überhäuft wird, als sei er ein Liedermacher wie jeder andere).

Das Wunder, das vielleicht nicht einmal er erhofft hat, ist, dass ihm die Massen gefolgt sind, und zwar in so großer Zahl, dass sie »sich höher steigert' als des Schachbretts Doppeln« (Paradies, XXVIII., 93). Solche Dinge widerfahren eigentlich nur Propheten.

Besser, er hört damit auf, sonst kommt er irgendwann noch auf die Idee, Manna vom Himmel regnen zu lassen; und man weiß ja, dass er keine Leute mag, die sich als »Gesalbte des Herrn« (Berlusconi über sich selbst) ausgeben.

Besser wär's, sich einen Film auszudenken, in dem Roberto Benigni nicht nur Höllenkreis um Höllenkreis und Himmelssphäre um Himmelssphäre dieselbe Reise wie sein Meister unternimmt, sondern in dem er auch dem Schmied und / oder dem Eseltreiber begegnet.

Die Rolle Vergils könnte ich übernehmen, oder Cerami, irgendein Freund halt; was Beatrice betrifft, weiß ich schon, wen Benigni im Kopf hat; die Verdammten ... nun ja, bei den Verdammten hat man einige Auswahl. Für die Seligen sollte man vielleicht mit elektronischen Tricks, mit Holografien und virtuellen Welten arbeiten. Schmied und / oder Eseltreiber könnten, sagen wir, von einem Schulleiter oder einem Universitätsprofessor, von einem sogenannten streitbaren Kritiker oder einem jener schlechten Schauspieler übernommen werden, die nicht wissen, wie sie mit den *Enjambements* umgehen sollen.

Aber Dantes Rolle könnte nur Benigni spielen, im obligatorischen Dichtergewand, mit langem Überrock und Lorbeerzweig: Er hat den toskanischen Akzent, das raubvogelartige, magere Äußere, die grimmige

Miene, und er liebt dessen Verse – die gut gesprochen sein wollen. So wie es sich gehört, ohne *Hü.*

Ich weiß auch schon den Titel: *Das Leben im Jenseits ist schön.*

Vorwort

von Roberto Benigni

Hin und her gerissen zwischen Dichtung und politischem Engagement, noch dazu in Zeiten, die wenig lyrisch und sehr auf die Anhäufung von Kapital gerichtet sind, war ich unsicher, ob ich für Einaudi einen Band mit lehrreichen Essays über die dichterische Wahrheit schreiben und ihn *Dante und das Schnabeltier* nennen sollte, oder lieber eine biografische Genealogie über den Familiennamen von Frau Luxemburg mit dem Titel *Der Nachname der Rosa*. In beiden Fällen ist man mir zuvorgekommen, und das nicht zum ersten Mal.

Vor ein paar Jahren etwa hatte ich mit einigem studentischem Eifer und Enthusiasmus ein schönes Buch über die unterschwellige Sexualität der französischen Strukturalisten mit dem Titel *Der Barthes'sche Schwengel* verfasst, aber jemand war schneller als ich und brachte einen Monat eher *Das Foucaultsche Pendel* raus. Was soll's, die Ideen kommen und gehen. Ich hab mich nicht weiter darüber geärgert. Nicht einmal als man mir die Idee zu einem im Mittelalter spielenden Roman über den jüngsten Sohn von Pippo Baudo geklaut hat. Was soll's.

Als ich das erste Mal die *Göttliche Komödie* zu lesen begann, ging es mir genauso. Mich hat der Schlag getroffen. Wütend klappte ich das Buch zu und rief mit lauter Stimme: »So was! Der hat mir meine Idee geklaut!« Dann schlug ich es wieder auf und las in der Hoffnung weiter, es sei Dante misslungen, so dass ich die Chance gehabt hätte, es besser zu schreiben. Seit diesem Tag habe ich das Buch nicht wieder zugeklappt, und ich habe es nicht nur weitergelesen, sondern auch weitergeschrieben. Wenn wir schöne Dinge zu Gesicht bekommen, fühlen wir uns ergriffen, unsere Seele wird von stolzer Freude erfüllt und glaubt, diese Dinge selbst erschaffen zu haben. Im Übrigen hat sich jeder von uns schon einmal Gedanken darüber gemacht, wie das Jenseits beschaffen ist, wo wir nach dem Tod landen, ob wir belohnt oder bestraft werden, und zwar so, wie Dante es beschrieben hat! Ebenso wie jeder von uns bestimmt einmal darüber nachgedacht hat, ob es besser ist zu leben oder zu sterben oder gar zu träumen, und zwar so, wie Shakespeare es beschrieben hat! (In der Literatur werden oft diese albernen Spielchen gespielt, wer der größte Schriftsteller aller Zeiten ist. Ich habe mich dieser Praxis immer entzogen und erwähne den zweiten größten Schriftsteller der Welt deshalb ohne weiteren Kommentar.) Auch ich wollte, wie Dante, alles lernen, alles wissen, um ein so schönes Buch schreiben zu können. Aber dann fielen mir Machiavellis mahnende Worte ein: »Es gibt Leute, die wissen alles und das ist alles, was sie wissen.« Es ist das Geheimnis der Schönheit, und die *Göttliche Komödie* ist ein Buch, in dem die Schönheit, wie die Sonne auf einem Spiegel, immer wieder aufschimmert. Es ist ein unsterbliches Werk, denn Dante glaubte aufrichtig an alles, was er beschrieb (auch Balzac rief, bevor er starb, nach einem der Ärzte aus seiner *Comédie humaine,* und Dumas weinte lange, als er über Porthos' Tod schrieb). Ebenso müssen auch wir all das in der *Göttlichen Komödie* glauben, denn dieses Buch ist ein Traum, und wie alle Träume wird es uns bis ans Ende unserer Tage einen Teil von uns selbst zeigen. Mir gab es das Gefühl, der Held des überwältigendsten Abenteuers zu sein, das sich überhaupt denken lässt. Eine Reise zum Göttlichen. Ohne sich dabei bewegen zu müssen. Mit jedem Gesang wird deutlicher, dass es Gott ist, der sich, wie Raffaels Sixtinische Madonna, auf uns zu bewegt.

Aber am allerbesten haben mir die Bilder gefallen, die aus jedem Wort hervordringen, reichhaltige, lebendige Bilder. Die Details. Ich sah die Farbe der Flügel des Erzengels Gabriel, sah, wie eine Eidechse im Sommer über den Weg huscht, wie man sich in den Händen eines Riesen fühlt, wie ein Stück Papier verbrennt (ein Schauspiel, das ich mir immer habe entgehen lassen), wie die Jungfrau Maria die Augen bewegt. Da kann man nur sagen: So wird's im Jenseits sein! Wie soll man dieses Buch nicht gern haben? Und welches Vergnügen es mir bereitete, wenn Dante sich so richtig ärgerte. Vor allem über die Dummen. Dante gehörte zu denen, die einen Leprakranken geküsst, aber niemals einem Schwachkopf die Hand geschüttelt hätten. Und dann die Frauen: nicht länger Versuchung, sondern Erlösung. Seit der *Göttlichen Komödie* gibt es in der Welt eine andere Sicht auf den Eros. Oder das unfassbare Wunder der Sprache. Eine volkstümliche, geheimnisvolle, mystische Sprache, die die Seele an Mensch und Gott bindet und sie nicht mehr loslässt; die dem Volk, vierhundert Jahre vor dem Erscheinen der großen französischen Enzyklopädie, das gesamte Wissen der damaligen Zeit zur Verfügung stellte, und zwar nicht in alphabetischer Reihenfolge, sondern in Reimen; eine Sprache, die uns die Richtung des höchsten Weges zum Glück weist, und die selbst Carlo Emilio Gadda zum Staunen bringen musste. Da aber ein wichtiger Denker einmal festgestellt hat, dass man über das, wovon man nicht sprechen kann, schweigen muss, höre ich damit auf und spreche von etwas anderem.

Ich könnte den Verlag Einaudi anzeigen, denn dieses Buch ist eine regelrechte Abhöraktion. Ich war unterwegs, hab hier und da über Dante gesprochen, vertrauliche Dinge im Freundeskreis, und plötzlich merke ich, dass alles gedruckt worden ist. Jeder Blödsinn – und davon gibt es über Dante eine ganze Menge. Übrigens auch hier. Manche Sätze sind nur so hingeworfen; sie sollten auch so verstanden werden und besagen immer dasselbe: dass die *Göttliche Komödie* schön ist, und dass es besser ist sie zu lesen als sie nicht zu lesen. Meine schönste Erinnerung an die Dante-Abende ist, abgesehen von der unglaublichen Zahl an Leuten, der Wunsch all dieser Leute, schöne Dinge zu hören, die Hoffnung auf eine Stimme, die ihnen von etwas erzählt, nach dem sie sich immer gesehnt haben. Und Dante hält sein Versprechen. Im Gegensatz zu den Philosophen versprechen Dichter weniger und halten dafür mehr, insbesondere nach der eindrucksvollen Stille unter den Zuhörern zu urteilen, die sich oft über das Ende eines Gesangs hinaus erstreckte.

Ich habe mich immer gefragt, wie man Dante lesen muss. Ich würde alles darum geben, ihn aus Boccaccios Mund zu hören. Ich war auch in der Kirche Santo Stefano in Badia, wo er ihn vorgetragen hatte, um zu hören, ob irgendein Echo zurückgeblieben ist. Um zu erfahren, ob er das s von »cosa« oder »casa« hart oder weich sprach, ob er »baciò« (er küsste) wie *baschò* oder wie *batschò* aussprach, und wie man die Doppelkonsonanten von »essalto« (ich rühme) oder »etterno« (ewig) hörbar macht. Um zu erfahren, wie man durchgehend den *Endecasillabo*, den elfsilbigen Vers der *Göttlichen Komödie* beibehalten kann, ohne einen schlechten Klang zu produzieren, auch wenn es mal dreizehn oder vierzehn Silben werden, was ja im *Paradies* oft der Fall ist. Wie sich ein Missklang vermeiden lässt, wenn die Betonung nicht auf die vierte, sondern auf die zweite Silbe, oder wohin auch immer fällt. Bei Petrarca ist es immer eindeutig, er irrt sich nie. Dante ist da großzügiger, er lässt uns an seiner Arbeit teilhaben. Ob, wie und wann man mitgehen darf, die Stimmführung, die Pausen, wann man schneller werden muss, über all diese Dinge weiß man nicht, mit wem man sprechen soll.

Aber eines Abends in Mailand, nach einer meiner *Lecturae Dantis* im Sportpalast, hatte ich ein nettes Erlebnis. Ich ging mit einer äußerst bemerkenswerten Person essen. Diese Person ist der einflussreichste Denker der Welt, und noch dazu der klügste und amüsanteste (da ich Rankings – wie bereits gesagt – nicht mag, lasse ich den Namen weg). Mit anderen Worten: ein außergewöhnlicher Mensch, mit dem ich oft Gedanken und Ideen austausche, schon deshalb, weil seine Art, sie auszuarbeiten und zu Papier zu bringen, unnachahmlich ist. Ich erinnere mich beispielsweise daran, wie ich ihm vor ein paar Jahren von Mike Bongiorno erzählte, der für mich ein Phänomen war, und wie ich ihm meine Notizen vorlas, die ich in ein kleines Heftchen geschrieben hatte. Oder wie ich ihm, ein paar Jahre später, eine meiner Theorien zur Produktion von Zeichen erläuterte, mit der ich alle linguistischen, logischen, ästhetischen oder sonst wie gearteten Probleme in neuen Zusammenhang stellte, und eigentlich vorhatte, eine Abhandlung darüber zu schreiben. Ganz allgemein. Ich weiß noch, dass er sehr interessiert war. Nun gut. An jenem Abend sprachen wir jedenfalls zunächst über einige weniger bedeutende Autoren des 19. Jahrhunderts. Von einem dieser Autoren, Labrunie, zitierte er ein paar Abschnitte im Original, und ich antwortete ihm spaßeshalber mit zwei altgriechischen Versen von Nonnos von Panopolis, einem weniger bedeutenden Dichter der griechischen Antike. So verstrich der Abend mit Geplauder. Irgendwann kamen wir auf die Dante-Lesungen zu sprechen. Er brachte immer wieder seine Verwunderung darüber zum Ausdruck, dass ich ein Komiker bin, und ich wies ihn darauf hin, dass die Verbindung zwischen Komikern und Dichtung eine bis auf Homer zurückreichende Tradition hat, die mit den Aöden zusammenhängt. Dann fügte ich noch hinzu, dass selbst gelegentliche Schnitzer, wie sie mir unterlaufen könnten, zur Tradition gehören, und ich erzählte ihm zwei der Novellen aus Sacchettis *Trecentonovelle* (wenn ich mich recht erinnere, waren es die 14. und die 15., die eigentlich eine Geschichte sind). Dann sprach ich über *Enjambements*, über jene wunderbare Verschiebung zwischen Klang und Inhalt, über die Schwierigkeiten dieser Kunst, und ich führte als Beispiel ein Gedicht von Leopardi an, das ich laut vortrug (ich glaube, es war *Das Unendliche*). Ich erklärte ihm mit anderen Worten, dass man Dante lesen muss wie einen Kinderreim. Er amüsierte sich sehr. Es war ein schöner Abend. Als wir hinausgingen, fragte ich ihn zaghaft, wie ihm meine Dante-Lesung gefallen habe. Er antwortete, ich solle einen Kinofilm drehen. Genau das. Er sagte, ich solle besser aufhören Dante zu lesen und stattdessen einen Film über das Jenseits drehen. Er nannte mir auch den Titel, den ich vergessen habe. Wenn all die Dinge, über die wir gesprochen hatten, von einer Person wie ihm ausgearbeitet und niedergeschrieben würden, so überlegte ich, wäre das ein großes Geschenk für die Dichtung. Er zauderte. Also sagte ich ihm, dass ich, falls er es tun sollte, aufhören würde herumzuziehen, um die *Göttliche Komödie* zu rezitieren, und tatsächlich einen Film drehen würde. Allerdings nicht über das Jenseits, sondern über das Liebesleben des jungen Dante, mit mir in der Rolle des Dichters und ihm, zum Dank, in der von Beatrice. Ich nannte ihm auch den Titel: *Das neue Leben ist schön*. Er fühlte sich geschmeichelt, auch wenn er kein bisschen eingebildet ist (zu behaupten, er sei eingebildet, wäre ungefähr so, als würde man sagen, Romeo sei eine Giulietta). Er sagte, er würde drüber nachdenken. Dann lächelte er und verschwand im Nebel der Via Manzoni »wie schwerer Stein im dunklen Wasser« (Paradies, III., 123).

Die Göttliche Komödie

Sobald von Dante die Rede ist, bin ich gleich mit Leib und Seele dabei; er ist ein zeitloser Dichter, den ich immer als Freund empfunden habe. Mein Beitrag ist als Hommage zu verstehen: Was ich sage, hat keinen wissenschaftlichen, sondern persönlichen Charakter. Außerdem ist es ganz egal, was wir über Dante sagen, alleine dadurch, dass wir etwas über ihn sagen, in welcher Form auch immer, leisten wir bereits einen Beitrag zur Dichtung, zur Schönheit und Lebensfreude.

Wer war eigentlich dieser Dante Alighieri?

Früher habe ich oft an Universitätsveranstaltungen teilgenommen, um über ihn zu sprechen, einmal sogar in Amerika, als ich monatelang dort bleiben und hier und dahin reisen musste, bevor sie mir endlich den Oscar verliehen. Sie hatten mich an die Universität von Los Angeles eingeladen, wo ich auch noch Englisch reden sollte. Natürlich war ich ganz entspannt, denn das, wovon ich sprach, verstand sowieso keiner: Ich redete frisch von der Leber weg.

Über Dante weiß man wirklich wenig. Von ihm gibt es keine Unterschrift, keine Fußspur, keine Schuhgröße, keine Kleidergröße ... Auf jeden Fall darf man ihn sich nicht so vorstellen, wie er auf Gemälden oder als Skulptur dargestellt wurde, mit ernster Miene, langem Überrock und Kapuze auf dem Kopf. Er war gerade mal fünfunddreißig Jahre alt, als er die *Göttliche Komödie* schrieb, ein junger Kerl, der noch dazu hübsche, bunte Hosen trug. Denn man verwendete gerne Farben im Mittelalter, es wird zu Unrecht als dunkle und furchterregende Epoche beschrieben. In Wahrheit war es eine großartige Zeit: Florenz war die Wall Street des 13. Jahrhunderts und der Florentiner Gulden stellte eine sehr starke Währung dar. Alle wollten nach Italien und Florenz galt als begehrtestes Ziel.

Die Florentiner waren knauserig. Sie hatten die Banken erfunden: die Peruzzi, die Spini, die Valdi ... Sie gewährten Darlehen mit sechzig bis siebzig Prozent Zinsen, und da die Kirche Wucher verurteilte, sagten diese Banker:

»Stimmt, aber wir haben eine Firma gegründet ... die Firma hat schließlich keine Seele ... Wenn ihr die Firma zur Hölle schicken wollt, ist das eine Sache, aber wir haben damit nichts zu tun.«

Und die Kirche: »Na ja ... vielleicht haben sie recht ...«

Jedenfalls nahmen sie so hohe Zinsen für ihre Darlehen, dass sie kurz vor dem Tod bereuten, Wucher betrieben zu haben. Heute ist alles immer noch genauso, nur dass die Banker nichts bereuen, bevor sie sterben.

Obwohl sie so sehr am Geld hingen, hatten die Florentiner ein großes Herz für die Armen. Sie übten nicht Wohltätigkeit – was eine moderne Bezeichnung ist –, sondern Barmherzigkeit, ein Ausdruck, den Jesus Christus erfunden hat. Und in Florenz gab es echte Barmherzigkeit, die Armen aus ganz Italien versammelten sich dort, denn die Leute kümmerten sich um sie, und luden sie sogar in die eigenen Häuser ein. Um sie aufzunehmen, wurden Bruderschaften gegründet, von denen einige – wie San Michele oder La Misericordia – immer noch existieren.

Das Leben in Florenz war wunderschön. Alles war farbenfroh, es gab Ritter in grellbunten Kleidern, umringt von Leibwachen, die jeden verscheuchten und bespuckten, der sich ihnen näherte. Man organisierte feierliche Umzüge, an deren Choreografie und Regie nicht einmal Federico Fellini heranreicht. Begräbnisse dauerten sieben bis acht Stunden: je bedeutender der Verstorbene, desto länger die Zeremonie. Jeden Tag wurden Hochzeiten gefeiert. Überall drängten sich Marktschreier und Bauern, die mit ihren Rindern und Waren in die Stadt kamen. Auf allen Straßen, Plätzen und Märkten herrschte Trubel, ein ständiges Geschrei. Die Prediger liefen herum und verkündeten: »Das Ende der Welt ist nahe …«

Außerdem führte man ein ausschweifendes Sexualleben. Die zahllosen Bordelle waren geduldet, sie durften sich nur nicht in der Nähe von Kirchen befinden, und den Prostituierten war es verboten, sich mit Kranken einzulassen, um die Ausbreitung von Seuchen zu vermeiden. Stattdessen hackte man Zuhältern die Hände ab und kastrierte sie. Zu einem bestimmten Zeitpunkt ließ man den Prediger Fra' Giordano aus Pisa kommen, einen heiligen Mann, der von einem Mädchen berichtete, das er in der Kirche folgendes Gebet hatte sprechen hören:

»Ach liebe Jungfrau Maria, die du schwanger geworden bist, ohne Verkehr gehabt zu haben, mach doch, dass ich Verkehr haben kann, ohne schwanger zu werden!«

Beunruhigt beschloss der Prediger, für Abhilfe zu sorgen. Es hieß damals, Florenz sei die Stadt der elftausend Jungfrauen, und da die Lebensweise ziemlich zügellos war, begann Fra' Giordano, ihnen die Beichte abzunehmen. Nach der letzten erklärte er:

»Es gibt keine einzige mehr ... Die über Siebzehnjährigen könnt ihr vergessen ... Und nicht nur, dass es keine Jungfrauen mehr gibt, sie sündigen auch wider die Natur!«

Homosexualität war tatsächlich weit verbreitet, so weit, dass Homosexuelle überall in der Welt als »Florenzer« bezeichnet wurden. Aber es war ein Zeichen für den hohen Grad an Zivilisation, für geistige Offenheit. Rufen wir uns nur ins Gedächtnis, dass die Lega Nord vor nicht allzu langer Zeit in Rom eine Demonstration organisierte, auf der man sinngemäß »Römer sind Diebe, Rom ist ein Dreckloch« skandierte. Als einzige Antwort kamen die Römer eines Tages nach Mailand, um ein Fußballspiel zu sehen, und brachten ein Spruchband mit der Aufschrift mit: »Als ihr noch auf Bäumen gehaust habt, waren wir schon schwul!« Welch kultureller Unterschied …

Vor einiger Zeit riet Professor Umberto Eco seinen Studenten, Gedichte wieder auswendig zu lernen. Auf diese Weise verinnerlicht man nicht nur die Worte, sondern auch den Klang, der wie eine wunderschöne Musik ist. Meine Mutter hat mir immer gesagt:

»Du musst auswendig lernen. Denk an Dante. Er war unglaublich. Du musst so werden wie er, er hat sich alles gemerkt, er wusste alles.«

Und sie erzählte mir die berühmte Anekdote mit dem Stein …

Dante sitzt auf einem Stein vor dem Florentiner Dom. Ein Herr kommt vorbei und fragt: »Was ist der größte Leckerbissen?«

»Das Ei«, erwidert Dante.

Der andere geht weiter.

Ein Jahr später kommt derselbe Herr zu derselben Stelle, wo Dante auf demselben Stein sitzt, und fragt unvermittelt: »Mit was?«

Und Dante antwortet: »Mit Salz!«

Diese Anekdote hat mir meine Mutter immer wieder erzählt, um mir klarzumachen, dass Dante ein Bombengedächtnis hatte, und dass ich, so wie er, ein Bombengedächtnis bräuchte. Auch mein Vater wollte, dass ich mein Gedächtnis trainiere, also musste ich mit den Stanzen-Sängern auf die Bühne, um mich mit ihnen in der Reimimprovisation zu messen.

Dante Alighieri hat uns das größte Werk der Literaturgeschichte hinterlassen. Ich komme aus der Unterhaltungsbranche, komme also vom Erzählen, denn um auf der Bühne zu stehen, muss ich erzählen können. Daher bin ich auch ein Literaturkenner, noch dazu ein ziemlich anspruchsvoller, und zwar in dem Sinne, dass ich das, was ich lese, gerne genießen möchte. Wenn ich also von der *Göttlichen Komödie* als dem Höhepunkt der Literaturgeschichte spreche, so sage ich das, weil es wirklich ein Genuss ist, sie zu lesen, und wer weiß, was wir Besonderes geleistet haben, dass wir ein derart schönes Geschenk verdienen. Es ist, als habe Gott gesagt: »Nun, sie sind so nett und artig gewesen, dass ich sie belohnen will; ich schenke ihnen jemanden, der ihnen die *Göttliche Komödie* schreibt!«

Es ist ein Gedicht, das nicht nur von Leidenschaften spricht, sondern auch von Eidechsen und Raureif, darüber, wie einer aus trüben Augen schaut, wie man sich den Kopf kratzt und wie man sich fühlt, wenn man bäuchlings ausgestreckt auf dem Bett liegt. Dante hat praktisch alles gesagt, nicht einmal Shakespeare erreicht sein Niveau: Shakespeare erfasst alle Menschen, aber das Göttliche streift er nicht; und Dante hat die *Göttliche Komödie* nicht nur geschrieben, weil Gott existiert, sondern damit er existiert.

Die *Göttliche Komödie* spielt um 1300. Seitdem sind siebenhundert Jahre vergangen, aber was heißt das schon ... Siebenhundert Jahre entsprechen zehn siebzigjährigen Personen. Die eine stirbt mit siebzig und kurz darauf wird eine andere geboren. Nehmt zehn Personen dieses Alters hintereinander, und ihr landet bei Dante. Nur zehn Personen!

Dantes Meisterwerk ist eine der klarsten und einfachsten Geschichten, die je geschrieben wurden; man sollte ihr mit der Unbefangenheit eines Kindes begegnen, und erst später versuchen, die Allegorien und Metaphern zu verstehen, wenn man das Ganze ein zweites, drittes, viertes Mal usw. liest. Aber am Anfang dürfen wir uns nicht den Spaß nehmen lassen, dieses Buch einfach zu lesen und eine Geschichte zu genießen, die Gesang, Harmonie, Handlung und natürlich Dichtung in sich vereint. Und Dichtung muss bekanntermaßen laut gelesen werden, da sie aus der mündlichen Tradition stammt. Es heißt, dass Augustinus an dem Tag, an dem er den hl. Ambrosius besuchte und ihn lautlos lesend vorfand, sehr beeindruckt war; so etwas hatte es zuvor noch nie gegeben und es verwirrte ihn. Im Hebräischen ist »lesen« und »laut rufen« ein und dasselbe Wort, ein eindeutiges Zeichen also, dass alle große Dichtung laut gelesen werden muss. Außerdem hat auch Umberto Eco gesagt: Man soll nicht nur auswendig lernen, sondern auch laut lesen.

Wie kommt es eigentlich, dass die *Göttliche Komödie* so lange überdauert hat? Bücher, die so lange überdauern, sind entweder erotisch oder religiös. Nehmen wir die Bibel: Es gibt kein Buch, das erotischer und mystischer ist als sie, sie ist das meistverkaufte und meistgelesene Buch, wobei das nicht schwer ist, wenn man den Geschmack der Leser so genau kennt ... Die Bibel ist tatsächlich der einzige Fall, bei dem der Urheber des Buches gleichzeitig auch der Urheber der Leserschaft ist.

Die *Göttliche Komödie* ist außerordentlich erotisch, aber in noch viel stärkerem Maße ist sie sinnlich. Und nicht nur das: In ihr verbirgt sich das gesamte menschliche Wissen. Dante hat zur Erlösung der zukünftigen Seelen in einer zukünftigen Sprache geschrieben, die noch heute besteht, die lebendig, pulsierend und sinnenfroh ist. Das ist noch nicht alles: Er hat anatomische und veterinärmedizinische, astronomische, technische, physikalische und mathematische Kenntnisse einfließen lassen. Es gibt in der *Göttlichen Komödie* eine Landkarte von Italien, die wie eine Satellitenaufnahme wirkt. Wir finden Musik, Dichtung, Theologie, und wir können nicht anders, als uns zu fragen: Wer ist denn eigentlich dieser Dante? Woher kommt er? Die Dinge, die er sagt, wirken wie Weissagungen ... Es sei angemerkt, dass Dante innerhalb von zweitausend Jahren christlicher, theologischer, erotischer oder kritischer Dichtung kein einziges Mal übertroffen wurde. Niemand hat es geschafft, dieser unerhörten Schönheit gleichzukommen.

Es ging um die Erotik bei Dante. Einige werden sich vielleicht an das bekannte Sonett erinnern, das man auf dem Tisch eines Bologneser Notars fand und das so beginnt: »Non mi poriano già mai fare ammenda«, wobei sich »ammenda« mit »Garisenda« reimt. Die Geschichte ist folgende: Dante Alighieri war in Bologna und bewunderte den Garisenda-Turm. Plötzlich sagt er, dass er am liebsten blind wäre, denn während er ihn betrachtete, war hinter ihm – wie man ihm erzählte – die schönste Frau Bolognas entlanggelaufen, und er hatte sie nicht gesehen, weil er diesen Turm angeschaut hatte. Er war so verärgert, dass er ein Sonett darüber schrieb: Die würde er so schnell nicht wiedersehen –

Frauen zu finden war damals nämlich nicht so einfach wie heute. Damit nicht genug. Gemeinsam mit seinem Freund Guido Cavalcanti zählte Dante auf zwanglose Weise Frauen auf, mit der Freiheit, Unbekümmertheit und Schönheit der Jugend, die in der Frau ein höheres Wesen sieht, wie es sich in seinem Sonett »Guido, i' vorrei che tu e Lapo ed io« zeigt, das an einer Stelle folgendermaßen lautet:

Dass Monna Vanna, Monna Lagia dann,
und die, der Nummer Dreißig ist beschieden,
der gute Zauberer uns herbeiverschriebe;

Jedenfalls gibt es in jeder Stadt eine Frau: die mit dem Kropf aus den Bergen, die Schöne aus Bologna, die Unscheinbare aus Lucca. (Ich glaube aber, dass er in Wahrheit seine Frau, Gemma Donati, über die er nie spricht, sehr geliebt hat; und auch seine Mutter, die er ebenfalls nie erwähnt.)

Dante erhebt nicht den Anspruch, uns etwas zu lehren: er sagt, er habe eine Reise ins Jenseits unternommen, und wir müssen annehmen, dass er tatsächlich dort gewesen ist. Ich habe nie daran gezweifelt, dass Dante in der Hölle, im Fegefeuer und im Paradies war. Er wirft sich ins Geschehen und behauptet ganz konkrete Dinge:

Wohl in der Mitte unsres Lebensweges
geriet ich tief in einen dunklen Wald,
so dass vom graden Pfade ich verirrte.

Anders gesagt: »Mit fünfunddreißig Jahren hatte ich mich verlaufen und befand mich in einem Wald.« Es sind die berühmtesten Verse der Welt. Man liest sie, und denkt: Was wird wohl passiert sein? War er zum Abendessen bei Freunden, hat er den Heimweg nicht gefunden, war er plötzlich in einem Wald, was ist wirklich geschehen? Man kann es entweder so lesen, oder man begreift gleich, dass es sich um eine Allegorie handelt: Ein amerikanischer Übersetzer der *Göttlichen Komödie* hat einmal behauptet, Dante habe eine depressive Phase durchlebt und dieses Werk geschrieben, um wieder ins Leben zurückzufinden. Das sind natürlich alles Lesarten, die später kommen. Es sei jedoch betont, dass die Schönheit der Dichtung darin besteht, uns an neuen Gefühlen, aber auch an Regungen in uns selbst, die uns verborgen sind, teilhaben zu lassen. Es ist der Dichter, der sie zum Vorschein bringt.

Die Dichter *erfinden* Gefühle. So wie Jesus Barmherzigkeit und Liebe erfunden hat, hat Dante Groll, Wut und Erregung erfunden. Es gab sie vorher nicht. Er hat sie in eine Ordnung gebracht. Es ist dasselbe wie mit der Elektrizität und den Radiowellen, die zwar schon immer da gewesen sind, aber ohne Marconi vermutlich nicht ans Licht gekommen wären.

Dante ging es also schlecht, wie uns allen.

Oh, schwer wird's mir zu sagen, wie er war,
der wilde Wald, so finster und so rau;
Angst fasst aufs Neue mich, wenn ich dran denke;

So schmerzlich, dass der Tod kaum bittrer ist.
Doch, um vom Guten, das ich fand, zu reden,
will ich von andrem, das ich sah, erzählen.

Die Welt ist zweigeteilt: in jene, die die Welt zweiteilen, und jene, die es nicht tun. So ist es sowohl in der Literatur als auch im Leben: Es gibt Leute, die sagen, alles sei schlecht und vollkommen aussichtslos; diese Leute mag ich überhaupt nicht. Es gibt andere, die zwar sagen, alles sei schlecht, die es aber dennoch schaffen, uns inmitten all der Finsternis das Schöne zu zeigen. Diese Leute mag ich gern, und Dante ist einer von ihnen, denn trotz der Beklommenheit, die ihn erfüllte, liebte er das Leben. (Auch ich mag das Leben, deshalb wird Sterben das Letzte sein, was ich tun werde.)

Doch als ich dann zum Fuße eines Hügels
gelangte, wo das Tal zu Ende ging,
das mir mit Furcht das Herz erstarren machte,

Hob ich den Blick und sah des Berges Schultern
umflossen schon von Strahlen des Gestirns,
das uns den geraden Weg auf jedem Pfade weist.

Wenn Dante von den »Strahlen des Gestirns« – wörtlich: »raggi del pianeta« (*Strahlen des Planeten*) – spricht, bezieht er sich auf die Sonne. Damals glaubte man, die Sonne sei ein Planet. Fernrohre und Teleskope waren noch nicht erfunden, Galileo sollte erst noch kommen. Galileo … ein Pisaner … Wenn Dante gewusst hätte, dass ein Pisaner das Fernrohr erfindet …

Weiter unten heißt es:

Als dann mein müder Leib sich ausgeruht,
macht' ich mich auf den Weg am öden Hang,
so dass der feste Fuß auch stets der untre war.

Über diesen letzten Vers sind ganze Bibliotheken geschrieben worden; meiner Meinung nach ist die Bedeutung ganz einfach: Wenn man läuft, setzt man immer erst einen Fuß auf den Boden und dann den anderen; der Fuß, der die Erde berührt, ist also tiefer als der, den man anhebt, um den nächsten Schritt zu machen. Aber viele Wissenschaftler sehen das nicht so, für sie muss irgendeine allegorische Bedeutung dahinterstecken, so haben sie lange Zeit über die verschiedenen Interpretationen diskutiert. Manchmal neigt die Danteforschung zur Übertreibung und zwingt uns mit ihrer erbitterten Suche nach verborgenen Bedeutungen zu spöttischen und unangemessenen Reaktionen, wie etwa desjenigen, der an der Arnopromenade sinngemäß den Spruch: »An diesem Punkt, damit ihrs wisst, hat einst schon Dante hingepisst!« hinterlassen hat.

Und sieh da, fast am Fuße noch des Abhangs,
ein Luchs, behend und ruhelos sich regend,
und der von schwarzgeflecktem Fell bekleidet;

Dante erscheint ein Luchs, wobei eigentlich ein Leopard (ital.: »lonza«) gemeint ist. Die Geschichte will's – und zahlreiche Chronisten berichten darüber –, dass man in jener Zeit einen Leoparden nach Florenz brachte, den er zu Gesicht bekam. Es war das erste Mal, dass man einen Leoparden sah, Löwen waren bereits bekannt. Ein großer Dichter hat geschrieben, dass es dem armen Tier schlecht ging, dass es lieber nach Afrika zurückgekehrt wäre, um Gnus zu jagen, aber es scheint, als habe jemand einen anderen Plan gehabt und dem Leoparden gesagt: »Du musst diese Qual erleiden, damit dich ein Mensch sieht, der dein Bild in ein Gedicht von Weltrang einfügt.« Dante sah den Leoparden und nahm ihn als Symbol. Die Welt wird von tiefen Harmonien zusammengehalten: Irgendwo steht geschrieben, dass für jeden von uns etwas dabei ist … Natürlich bleibt es uns überlassen, was wir daraus machen.

Es war die Stunde am Beginn des Tages,
die Sonne stieg herauf mit jenen Sternen,
die mit ihr zogen, als die Liebe Gottes

Setzt' jedes Ding der Schöpfung in Bewegung,
so dass mit guter Hoffnung mich erfüllten
wegen des Tieres mit dem gefleckten Fell

Die frühe Stunde und der holde Lenz.
Doch nicht so sehr, dass Furcht mich nicht erfasste,
als sich mir eines Löwen Anblick bot,

Es erscheint noch ein Tier. Erst ein Leopard, dann ein Löwe … Wo sind wir hier? Und für was stehen diese beiden Figuren?

Als wär' bereit er, auf mich loszustürzen
mit hocherhobnem Kopf und wütgem Hunger,
so dass die Luft davon zu beben schien,

Und eine Wölfin …

Sind wir etwa im Zoo gelandet? … Wie viele Tiere gibt's denn noch? Erst ein Leopard, dann eine Löwe, jetzt eine Wölfin …

Kurvenreich wie er ist, scheint der Leopard ein Symbol für die Wollust zu sein. Dante stellt die Sünden dar, denen er verfallen und durch die er in jenen Zustand geraten ist, in dem er sich befindet, denen aber auch die gesamte Menschheit verfallen ist. Er hatte nichts gegen den Eros, sondern nur etwas gegen dessen Vermarktung. Der Löwe ist dagegen eindeutig ein Symbol für den Hochmut: Dante wusste seit jeher, dass er Dante, der Größte von allen war, und er spürte, dass er durch sein Schreiben Gott herausforderte, weil er über die Menschen urteilte.

Und eine Wölfin, die im magern Leib
beladen schien mit jeglicher Begier,
und die schon vielen Menschen Jammer schuf;

Und also stürzte mich in schwere Not
das Grauen, das aus ihrem Anblick strömte,
dass mir die Hoffnung auf den Gipfel schwand.

Die Wölfin steht für Gier, Unersättlichkeit und Herrschsucht. Furchtbare Sünden, die darauf abzielen, die Freiheit des anderen zu zerstören.

Wie ich unselig nun zur Tiefe sinke,
da offenbart sich meinen Augen einer,
der stumm geworden schien von langem Schweigen.

Als den ich in der großen Öde sah,
rief ich ihm zu: »Erbarm dich mein, wer immer
du bist, ob Schatten nur, ob wahrer Mensch.«

»Nicht Mensch«, gab er zurück, »Mensch war ich schon;
Lombarden waren meine Eltern beide,
und Mantua war ihre Vaterstadt.

Sub Julio bin ich geboren, spät schon,
und lebt' in Rom zur Zeit Augusts, des Guten,
zur Zeit der falschen, lügenhaften Götter.

Ein Dichter war ich, sang von dem gerechten
Sohn des Anchises, der von Troja kam,
nachdem das stolze Ilion verbrannt.

Das ist also Vergil – der mit fünfzig Jahren gestorben ist. Zwei kleine Jungs, Dante und Vergil … Die Beziehung zwischen den beiden Dichtern in der *Göttlichen Komödie* ist die schönste Freundschaft aller Zeiten, intensiv und zum Totlachen.

»So bist du denn Vergil und jener Bronnen,
aus dem so mächtig brach der Strom des Wortes?«,
sprach ich mit schamgebeugter Stirn.

»O du, der andern Sänger Ehr und Leuchte,
es helfe mir der lange Fleiß, die große Liebe,
die suchend ich hab' auf dein Buch verwandt.

Du bist mein Meister und mein Vorbild du;
von dir allein nur hab' ich übernommen
die hohe Wortkunst, die mir Ehre brachte.

Dante liebte Vergil über alles. Er kannte die *Äneis* auswendig. (Und nicht nur das: Er kannte alles, was bis dahin geschrieben worden war, und ein Buch war damals so viel wert wie ein Gutshof. Es gab einen Herrn in Lucca, der in ganz Italien bekannt war, weil er eine Bibliothek mit zwölf Büchern besaß.

»Zwölf Bücher hat er?«, staunten die Leute. »Donnerwetter! Er ist ein Milliardär!«)

Drum denk' ich und erwäg zu deinem Heil,
dass du mir folgst; ich will dein Führer sein,
geleiten dich von hier durch ewgen Raum,

Wo du verzweifelt Schreien hören wirst
und sehn der Vorzeit Geister Qualen leiden,
die alle jammern um den zweiten Tod;

Dann wirst du jene sehn, die freudig sind
Im Feuer, weil sie hoffen, sich dereinst,
wann es auch sei, der selgen Schar zu einen.

Vergil erklärt Dante, dass er ihm nicht nur die Hölle, sondern auch das Fegefeuer zeigen werde, das zu Dantes Zeiten gerade erfunden worden war. Damals hieß es:

»Von den Nicht-Christen, den Sündern, Ketzern und Ungetauften wird keiner ins Paradies kommen!«

So erfanden die Priester zunächst den Limbus (die Vorhölle), dann kam einer auf die Idee mit dem Fegefeuer, wodurch die Kirche, die für die verstorbenen Seelen betete, obendrein noch einen Obolus einforderte und ein wenig verdiente. Es war ein bemerkenswerter Einfall, ein durchschlagender Erfolg. Ja, denn bis dahin konnte die Kirche nur über die lebenden Seelen urteilen, nun bekam sie auch Macht über die verstorbenen Seelen. Aber populär wurde das Fegefeuer natürlich durch Dante Alighieri: Tatsächlich hatte es niemand vor ihm beschrieben. Und während die Kirche behauptete, man müsse dort grauenhafte Schmerzen erleiden, beschrieb Dante die dort wohnenden Seelen als von Dankbarkeit und Glückseligkeit erfüllt, da sie später alle ins Paradies kommen würden: Er war der Erste, der die Hoffnung ins Spiel brachte.

Dante folgt also Vergil, und wir werden sehen, was im II. Gesang der Hölle geschieht, den manche einfach auslassen, obwohl er ganz wunderbar ist, denn hier tritt die weibliche Protagonistin in Erscheinung, zwar nur indirekt, sozusagen aus dem Off, aber dafür umso wirkungsvoller.

Es neigte sich der Tag; und Dämmerung
enthob die Lebewesen auf der Erde
all ihrer Mühen, und nur ich allein …

Das hier mit »Lebewesen« übersetzte Wort lautet im Original »animai« und lässt zunächst an Tiere (ital.: »animali«) denken. Gemeint sind aber tatsächlich alle Lebewesen, beziehungsweise deren Seelen (ital.: »anime«). Die Verse – im Original eine perfekte Abfolge von Endecasillabi – bedeuten, dass es Abend wurde und alle schlafen gingen.

Wir sollten uns niemals den Spaß nehmen lassen, die *Göttliche Komödie* mit dem Geist desjenigen zu lesen, der einen neuen Kontinent betritt und eine nie zuvor gesehene Welt erkundet. Die *Göttliche Komödie* ist ein ungekannter Planet, auf dem wir Dinge finden, die uns selbst betreffen. Wir müssen in unsere eigene Vergangenheit schauen, so wie es Dante tut, der ins eigene Leben zurückkehrt.

Es ist wie die Geschichte von dem Mann, der unter

einer Laterne am Boden nach einem Schlüssel sucht. Jemand kommt vorbei und fragt: »Was machst du da?«

»Ich suche meinen Schlüssel.«

»Hast du ihn denn hier verloren?«

»Nein, ich hab ihn dahinten verloren.«

»Und weshalb suchst du dann hier?«

»Weil hier Licht ist und man besser sieht.«

Das Ganze klingt wie eine Kinderei, aber es ist eine alte jüdische Geschichte. Der Schlüssel ist hier als Symbol zu verstehen, er steht für etwas in uns selbst, das verloren gegangen ist. Die Geschichte besagt, dass es, wenn man einen Schlüssel, also dieses Etwas verliert, sinnlos ist, in der Gegenwart zu verweilen, wo Licht ist. Man muss den Mut aufbringen, sich in die innere Dunkelheit zu begeben, so wie es Dante tut und wie er uns drängt, es ebenfalls zu tun. Er sagt: »Seht wie ihr beschaffen seid, und ihr werdet alle Schlüssel der Welt finden. Wenn ihr unter der Laterne bleibt, nur weil dort Licht ist, werdet ihr nichts finden.« Na ja, werdet ihr antworten, wenigstens sieht man bei Licht gut die Laterne, und stößt sich nicht aus Versehen den Kopf daran …

Ich war bei denen, die im Zwischenreiche,
da rief mich eine Frau, so selig schön,
dass willig ich sie bat, mir zu befehlen.

Ihr Auge leuchtet heller als ein Stern,
und schlicht und sanft hub sie zu sprechen an,
mit Engelsstimme und in ihrer Sprache:

›O edler hoher Geist aus Mantua
dess' Ruhm noch jetzt auf Erden weiterlebt,
und leben wird, solange sie besteht,

Er, der mein Freund ist, doch nicht der des Glücks,
wird dort am öden Hang so auf dem Weg
gehemmt, dass er aus Furcht zurück sich wendet.

Ich fürcht' er hab' sich schon so sehr verirrt,
dass ich zu spät aufstand, um ihm zu helfen,
nach dem, was ich im Himmel von ihm hörte.

So eile, und mit deiner Rede Kunst,
mit allem, was zu seiner Rettung nottut,
steh so ihm bei, dass ich getröstet sei.

Ich bin Beatrice, die dich gehen heißt,
ich komm' von dort, wohin's mich wieder zieht,
Liebe bewegte mich und lässt mich sprechen.

Wer *Das neue Leben* gelesen hat, wird ziemlich erstaunt sein, auf einmal dessen Protagonistin wiederzubegegnen: Das Mädchen, das in Dantes Nachbarschaft gelebt hat, ist auf einmal hier und kommt aus dem Paradies. Der ist doch nicht mehr ganz bei Trost! Genau das hat Cavalcanti zu ihm gesagt: »O Dante, du bist nicht mehr ganz bei Trost.« Wenn man bedenkt, wie mutig dieser Mann war, ein befreundetes Mädchen mit der Jungfrau Maria gleichzusetzen.

Wir haben also geklärt, dass Dante zuerst nicht auf diese Jenseits-Reise gehen wollte. Er befand sich in einem Wald und es tauchten drei wilde Tiere auf, die auch einfach so, ohne metaphorische Bedeutung, schön sind: ein Leopard, ein Löwe, eine Wölfin. Die Angst ist groß. Dann kommt Vergil, sein Lieblingsdichter, und Dantes erste Worte an ihn sind: »*Erbarm dich mein.*« Er hat Angst, furchtbare Angst, und Vergil muss ihn überreden weiterzugehen. Er erklärt ihm, dass er auserwählt wurde, dass er notgedrungen auf die Reise gehen, dass er schreiben muss ... Aber Dante will nicht.

»Nein, ich will nicht mitkommen ...«

Um ihn zu überzeugen, erklärt ihm Vergil, dass er von Beatrice, der hl. Lucia und der Jungfrau Maria gerufen wurde; drei Frauen, die ihn bitten und wünschen, dass er diese Reise unternimmt. Kaum hat Dante vernommen, dass drei Frauen nach ihm rufen, regt sich etwas in seinem Inneren; und im II. Gesang der Hölle bringt er einen der schönsten Vergleiche der *Göttlichen Komödie*:

Wie Blümlein, die, vom nächtigen Frost geschlossen
und hingebeugt, wenn sie die Sonne trifft,
weit offen sich auf ihrem Stengel heben,
So hob auch ich mich von dem müden Zagen ...

Ich will keine simplen Anspielungen machen, aber die ganze Sache birgt eine ungeheure theologische, männliche, menschliche, sinnliche, beherzte, animaleske, kreatürliche Kraft, und man könnte sicherlich noch weitere, neue Ausdrücke finden. Dante lässt sich durch den Verweis auf die Macht des Weiblichen zum Antritt der Reise bewegen. Die *Göttliche Komödie* ist ein durch und durch weiblich geprägtes Buch: Von den Verdammten kommt als Erstes eine Frau – Francesca – zu Wort; der letzte Gesang ist der Frau par excellence – Maria – gewidmet; das gesamte Buch wurde geschrieben, um die Augen einer Frau – die von Beatrice – wiederzusehen.

Dante lebte in einer Zeit, in der die Leute von morgens bis abends schufteten, in der es eine Bärenanstrengung bedeutete, sich einen Stift zu besorgen und auf ein Stück Papier zu schreiben. Außerdem lebte Dante im Exil, er war gesucht und zum Tode verurteilt. Es ist ein absolutes Rätsel, wie er es unter all den widrigen Umständen geschafft hat, ein derartiges Gedicht zustande zu bringen. Obendrein amüsierte er sich noch gut. In seiner Jugend verfasste er gemeinsam mit Freunden – Leute wie Forese Donati, Cecco Angiolieri, Guido Cavalcanti und Cino da Pistoia – freizügige Sonette. Zwischen ihm und Forese Donati kam es zu einer Tenzone in sechs Sonetten, für jeden drei, bei der sich die beiden Dichter gegenseitig alle möglichen Fehler und Gemeinheiten vorhielten und dabei umgangssprachliche und vulgäre Ausdrücke benutzten. Die Freundschaft zwischen den beiden, die mit Foreses frühem Tod endete, ist durch ihre Begegnung belegt, die Dante im XXIII. und XXIV. Gesang des *Fegefeuers* schildert.

Und noch ein Einfall ist sehr bemerkenswert. In den Gesängen tauchen Figuren aus der Bibel, der Mythologie und der Geschichte auf, aber auch Zeitgenossen Dantes. Es ist, als würde ich heute ein Gedicht schreiben, in dem Nero vorkommt, der sich gerade mit Caligula und Bertinotti unterhält. Benedetto Croce hat gesagt, dass Geschichte immer Gegenwartsgeschichte ist, dass man immer über das spricht, was gerade geschieht. Wenn man ein vergangenes Ereignis erklären will, ist es also nicht anachronistisch, Beispiele aus der Gegenwart heranzuziehen und sie neben die aus der Vergangenheit zu stellen. Ich könnte tatsächlich, sagen wir, Dell'Utri nehmen, und ihn mit Moses und Kleopatra diskutieren lassen.

»Ach du bist es, der mit den Tafeln …«

»Hör mal, diese Kleopatra ist eine richtige Hure … Mit wie viel Männern die geschlafen hat …«

»Ah, du bist doch der mit der Mafia ..., der mit den Auftragsvergaben ...«

Man ist fassungslos und fragt sich, wie Dante es geschafft hat, all das glaubwürdig und poetisch darzustellen.

Ein weiteres Beispiel findet sich im III. Gesang der *Hölle*, bei den Feiglingen.

Und wie ich blickte, sah ich eine Fahne,
die kreisend also rasch vorübereilte,
dass es mir schien, sie könne niemals ruhn.

Und hinterher kam ein so langer Zug
von Leuten, dass ich nie hätt' glauben können,
dass je der Tod so viele hätt' zerstört.

Nachdem ich schon erkannt den einen oder andern,
sah hin ich und gewahrt' den Schatten jenes,
der aus Erbärmlichkeit einst Großes ausschlug.

Manche sagen, der Schatten, von dem hier die Rede ist, sei Pontius Pilatus, der seine Hände wusch und sich weigerte zu entscheiden, ob Jesus oder Barabbas verurteilt werden sollte. Die meisten, die sich auskennen, sagen jedoch, es handle sich um Coelestin V., den Vorgänger von Papst Bonifatius VIII.

Coelestin V. war ein netter kleiner Priester. Er nannte sich Pietro da Morrone, stammte aus dem Molise und lebte als Eremit. Da in der Kirche die Korruption immer stärker um sich griff, kam ein Kardinal auf die Idee, diesen heiligen Mann zum Papst zu machen. Bonifatius, der um jeden Preis an die Macht wollte, sah den kleinen Alten kommen und dachte sich einen Trick aus, um ihm einen Schreck einzujagen und ihn zu vertreiben. Er erschien ihm jede Nacht als Engel verkleidet, mit einer Trompete in der Hand, und sprach mit dröhnender Stimme zu ihm:

»Pietro da Morrone! Ich bin der Engel der Apokalypse! Du musst den Heiligen Stuhl einem anderen überlassen! Geh fort, nur so wirst du Erlösung finden!«

Jede Nacht ging das so. Unter dem Druck der Forderungen der diversen Könige sowie der Machenschaften von Bonifatius, kam der Ärmste schließlich an den Punkt, an dem er sein Amt niederlegte. Das war das erste Mal in der Geschichte des Papsttums, und kam danach nie wieder vor. So gelangte Bonifatius an die Macht. Immer noch nicht zufrieden, ließ er Coelestin umbringen, der von Dante bei den Feiglingen platziert wird. Denn Coelestins Weigerung war für alle von Bonifatius begangenen Übel verantwortlich. So auch Dantes eigenes Exil, denn Bonifatius VIII. hatte sich, sympathisch wie er war, mit Corso Donati, dem schlimmsten Kerl von Florenz verbündet, eine Bestie, die allen Gewalt antat, die ihr zwischen die Finger kamen, und die jedem Pferd, das vorbeilief, den Leib aufschlitzte.

Für uns sind Terzinen etwas ganz Selbstverständliches, aber vor Dante gab es sie nicht. Er hat sie erfunden, ebenso wie den Trick, am Ende, zum Abschluss eines jeden Gesanges, einen vierten Vers einzufügen. Der Titel lautete ursprünglich, wie jeder weiß, einfach nur *Commedia*, das Adjektiv *Divina* kam erst später hinzu, im 16. Jahrhundert, und es klingt eigentlich ein bisschen komisch, so als würde man sagen *Die hinreißenden Verlobten.*

Dante hatte sein Werk jedenfalls *Commedia* genannt – wobei die Bezeichnung »Komödie« im Sinne von »einfach« zu verstehen ist –, und zwar zum einen, weil er es in der Volkssprache geschrieben hatte, zum anderen, weil der Stil an keiner Stelle tragisch ist. Einige Passagen, etwa im XXI. und XXII. Gesang der *Hölle*, sind regelrechte Varieté-Szenen. Die *Hölle* ist niemals grauenhaft, außer im IV. Gesang, dort, wo der Limbus ist, die Burg mit den sieben Mauern, wo nichts geschieht und alles von der Abwesenheit Gottes durchdrungen ist. Dort bekommt man wirklich Angst, es ist ein Albtraum, aber die übrigen Teile der *Hölle* sind niemals albtraumhaft. Es ist ein Ort, an dem schlimme Dinge geschehen, aber der Ort selbst ist nicht schlimm.

Der IV. Gesang ist der furchterregendste. Wir befinden uns im ersten Kreis, im Limbus, und Dante ist gerade durch den Lärm eines Donnerschlags aus dem Schlaf erwacht, in den er im vorherigen Gesang gefallen war. Er öffnet die Augen und versucht zu begreifen, wo er sich befindet.

Da brach den tiefen Schlaf im Haupte mir
ein dumpfer Donner – jäh fuhr ich empor
wie einer, der gewaltsam aufgeweckt.

Das ausgeruhte Auge ließ ich schweifen,
hoch aufgerichtet blickt ich scharf umher,
um zu erspähn, an welchem Ort ich stände.

Allerdings wagt er es nicht, Vergil irgendetwas zu fragen. Im III. Gesang hatte er ihm permanent Fragen gestellt: Was ist dies und was ist das, wo führt dieser Weg hin, wer ist der dort … Vergil wurde es zu viel und er ermahnte ihn, hübsch ruhig zu bleiben. Dante, der ziemlich empfindlich ist, fühlt sich gekränkt und fragt ihn nichts mehr, deshalb erklärt Vergil ihm die Dinge von sich aus.

»So gehn wir denn hinab ins finstre Reich«,
begann der Dichter und war blass geworden,
»ich geh' voran, du folgst als zweiter nach.«

Zum Glück bietet Vergil ihm das an. Nicht auszudenken, wie Dante, mit all der Angst im Nacken, hätte vorausgehen sollen …

Dort war, so viel das Ohr vernehmen konnte,
kein lautes Weinen, aber Seufzerklagen,
von denen rings die ewge Luft erbebte.

Dies kam von Leiden ohne Schmerzensqual,
die jene ungezählte Schar erduldet,
von Kindern und von Frauen und von Männern.

Vor ihnen liegt eine riesige Ebene voller Männer, Frauen und Kinder. Alle seufzen. Wie bedrückend das ist … Unter ihnen sind Helden, Forscher, Gelehrte, Philosophen, Mathematiker, Naturwissenschaftler. Hier sind sie wie in der Schwebe, denn sie wurden nicht vom Licht des wahren Glaubens erhellt: Homer, Horaz, Ovid, Lukian … Und auch Hektor, Äneas, Julius Cäsar, Aristoteles, Sokrates, Platon, Euklid …

Es sind Leute, die nicht getauft wurden, eine andere Schuld trifft sie nicht. Der Limbus ist der Ort, an dem auch Vergil verdammt ist für immer zu bleiben, in Erwartung einer Hoffnung, die niemals kommen wird.

Dante spürte, dass die Liebe, die wahre Liebe, unbekannt war, er hätte sie gern gesehen, so wie er sie schließlich mit eigenen Augen sehen wird. Hier haben wir nun einen weiteren Einfall: Im V. Gesang der *Hölle,* dem von Paolo und Francesca, nimmt Dante, um eine Person zu charakterisieren, einen einzigen Augenblick aus ihrem Leben. Eine Vorstellung, die mich schon immer fasziniert hat; ein einziger Moment im Leben und die Person gewinnt für alle Ewigkeit Gestalt. Für Paolo und Francesca wählt Dante den Zeitpunkt, an dem die beiden noch nicht wussten, dass sie ineinander verliebt sind, und plötzlich von der Liebe getroffen werden. Dieser eine Augenblick bleibt für immer prägend.

Dante beneidet die beiden Liebenden, obwohl sie sich in der Hölle befinden, er wäre gern an ihrer Stelle, da sie aus Liebe gestorben sind. Im V. Gesang ist ständig von der Liebe die Rede. Während Francesca einen langen Monolog hält und wir die ganze Zeit mit ihr leiden, sagt Paolo, der ihr zur Seite steht, kein einziges Wort. Unser Dichter fertigt ihn zum Schluss – auf äußerst gekonnte Weise – mit einem halben Vers ab. Francesca spricht und weint, und Dante schreibt:

Während der eine Schatten dieses sagte,
weinte der andre so, dass mir vor Mitleid
die Sinne schwanden, so, wie wenn ich stürbe,
Und ich sank hin, gleich wie ein Toter hinsinkt.

Aber wenn man liest: »weinte der andre so«, zieht's einem das Herz zusammen. Dante möchte wissen, wie die beiden bemerkt haben, dass sie ineinander verliebt sind, es interessiert ihn persönlich und er fragt ganz direkt: Wie habt ihr eure Liebe zueinander entdeckt? Francesca antwortet (und meint mit »Die« die Stelle aus dem Lancelot-Roman, den Francesca und Paolo gemeinsam lasen):

Die war es, wo der heißbegehrte Mund
Von solchem Liebenden geküsst wurde,
da küsste dieser hier, der nie von mir
Getrennt sein wird, erbebend mir den Mund …

An dieser Stelle genügt kein bloßer Beifall mehr. Hier möchte man sich ausziehen und es mit dem Tisch treiben, so schön ist es. Die Verse sind verwirrend; ihre Schönheit ist erschreckend! Die Worte: »Da küsste dieser hier … erbebend mir den Mund« könnten von heute stammen. Sie gehören zu den schönsten Sätzen der Weltliteratur.

In dem Gesang mit Paolo und Francesca spürt man sehr stark die Sinnlichkeit, von der ich bereits gesprochen habe. Dante urteilt nicht über die beiden, er stellt sich nicht vor Gott oder gar an seine Stelle; er spürt, dass Gottes Urteil unbegreiflich für den menschlichen Geist ist. Die Existenz Gottes lässt sich nicht mit dem

Gehirn beweisen, es ist nicht das geeignete Organ. Das wäre so, als wollte man den Geschmack von Salz mit der Nase wahrnehmen: Sie ist nicht das geeignete Organ. Dante sagt uns, dass es Gott vollkommen egal ist, was wir denken, und genau dasselbe lehrt uns das Buch Hiob, in der Bibel, wenn Hiob sagt: »Er spannt den Norden aus über dem Leeren und hängt die Erde über das Nichts« (Hiob 26,7). Manche behaupten, dass die gesamte Astronomie der Bibel falsch sei. Aber weshalb? Sind mit einem Satz wie diesem nicht bereits alle Fragen der Astronomie gelöst? Er erklärt, wie das Universum beschaffen ist: »... und hängt die Erde über das Nichts« bedeutet, dass unser Leben ein Rätsel ist. Deshalb überdauern die großen Bücher, weil sie die Finsternis zerreißen und uns, ganz unerwartet, zeigen, was wir sind. Die *Ilias* sagt uns, das ganze Leben ist ein Kampf, die *Odyssee*, das ganze Leben ist eine Reise, das Buch Hiob, das ganze Leben ist ein Rätsel und die *Göttliche Komödie,* das ganze Leben ist Verlangen. Aber auch Liebe. Welche Idee könnte großartiger, schlichter, kindlicher und, wenn man so will, gar unheimlicher sein; denn Liebe ist auch furchterregend, sie ist immer aufrührerisch, sie jagt einem entsetzliche Angst ein. Die *Göttliche Komödie* ist also ein Buch von gewaltiger, erschreckender Kraft, und darüber hinaus von unerhörter Schönheit.

Die Reise der beiden Dichter geht weiter. Der VI. Gesang führt sie in den dritten Kreis, mitten unter die Schlemmer. Dort heißt es:

Wir schritten über Schatten, die der Regen,
der schwere, niederdrückt – mit Füßen traten
wir auf ihr eitles Nichts, das Körper scheint.

Am Boden lagen alle hingekrümmt,
nur einer raffte sich zum Sitzen auf,
sobald er sah, dass wir vorübergingen.

»O du, den man durch diese Hölle führt«,
sprach er, »erkenne mich, wenn du's vermagst,
du wardst geschaffen, ehe ich zerfiel.«

Und ich zu ihm: »Die Qual, die du erduldest,
entrückt vielleicht dich meinem Sinn, so dass
ich mein', ich hätte nimmer dich gesehen.

Doch sag mir, wer du bist, dass solcher Ort
der Schmerzen dir bestimmt und solche Strafe,
dass, gibt's auch größre, keine wohl so widrig.«

Und er darauf: »Deine Stadt, die so voll Neid,
dass schon zum Überlaufen voll der Sack,
umschloss mich in der heitern Lebenszeit.

Ihr Bürger habt mich Ciacco nur genannt; –
wegen der Gaumensünde, der verderblichen,
siehst du mich hier vom Regen ganz zermürbt.

Und bin hier nicht die einzge arme Seele,
sie alle hier, sie dulden gleiche Strafe
für gleiche Schuld« – und mehr sprach er kein Wort.

Man stelle sich vor, wie die Leute damals die *Göttliche Komödie* lasen, und auf einmal taucht eine neue Figur auf, ohne dass Dante den Namen nennt. Alle fragten sich: Wer kann das sein? Dann brachte Dante den Namen und die Leute merkten, dass es einer ihrer Bekannten war.

»Guter Gott! Es ist Ciacco!«

»Was? Ciacco?«

»Ja, er hat Ciacco in die Hölle gepackt. Den Sohn von Emma, die aus der Via de' Pecci.«

»Nein! … Mein Gott … Aber ein Schlemmer war er schon, das stimmt … was der gefuttert hat!«

In der Tat kannte Dante ihn nicht persönlich. Man hat viele Nachforschungen über Ciacco angestellt, aber man weiß immer noch nicht genau, wer er war. Er wird sogar in einer Novelle des *Decameron* genannt, am neunten Tag, und Boccaccio sagt über ihn, dass er nichts lieber tat, als essen, dass er sich keines der Mittag- oder Abendessen, zu denen man ihn einlud, entgehen ließ, und auch keines, zu dem man ihn nicht einlud. Aber er war sympathisch. In Florenz kannte ihn jeder, denn sobald er mitbekam, dass ein Bankett vorbereitet wurde, war er zur Stelle:

»Hier bin ich! Hattest du nicht gesagt, ich soll kommen?«

»Hatte ich nicht …«

»Na schön, hab ich mich halt geirrt … Aber wo ich schon mal hier bin, kann ich auch bleiben …«

Dante nutzt die Gelegenheit, um Ciacco – der ja als Verstorbener wissen muss, was in der Zukunft geschieht – zu fragen, wie es mit Florenz und dem Kampf zwischen Guelfen und Ghibellinen weitergehen wird, und Ciacco antwortet ihm mit einer Prophezeiung der Ereignisse nach 1300. Ein großartiger narrativer Kunstgriff, denn Dante ist bereits im Exil; mit dem Schreiben der *Göttlichen Komödie* hat er um 1306/7 begonnen, aber er lässt sie um 1300 spielen, er tut also so, als habe er, während er schreibt, noch von nichts eine Ahnung, und seinen Zeitgenossen erscheint er wie ein Prophet. Die damaligen Leser vernahmen aus Ciaccos Mund eine Prophezeiung, die sich tatsächlich bewahrheitet hatte.

»Verdammt noch mal! Dieser Dante hat schon alles gewusst! Mensch … der war wirklich an diesen Orten … Es ist alles genauso gekommen, wie Ciacco ihm gesagt hat!«

Es ging sogar das Gerücht um, Dante habe Brandwunden an den Händen, die von seinem Besuch in der Hölle stammten.

Das Ganze ist so, als würde ich heute etwas schreiben, es auf 1985 datieren und behaupten: »In Italien wird ein kleiner Kerl aus Arcore daherkommen ... Er wird die Macht ergreifen ... es gibt keine Möglichkeit, ihn zu stoppen ... Er wird sich ein Piratenkopftuch aufziehen ... Halte doch einer diesen Blödmann auf. Dann kommt einer auf dem Fahrrad aus Bologna, um ihn zu stoppen, aber der andere überholt ihn ... Dann wird er von dem mit dem Fahrrad aus Bologna überholt ...«

Und man wird sagen: »Verdammt noch mal! Dieser Benigni hat schon alles gewusst ...«

Das Schöne ist, dass Dante für dieses Spiel eine Figur aus dem Volk nimmt, und keine historische Persönlichkeit. Darin liegt die Größe.

Der VII. Gesang der *Hölle* beginnt mit Pluto, der den Kreis der Geizigen und Verschwender bewacht. Dantes Höllenwächter sind alle gigantisch, grausam und furchterregend, aber auch ein bisschen beschränkt. Ihre Erscheinung wirkt grotesk. Pluto ist abscheulich: Er hält sich immer im Dunkel der Hölle auf, inmitten von Kot und Gestank, außerdem ist er etwas einfältig, vielleicht weil er nie die Sonne sieht und nie mit jemandem ein paar Worte wechselt.

Es ist einer der schroffsten Gesänge, und er beginnt mit einem der berühmtesten Verse, über den sich die Gelehrten jahrhundertelang den Kopf zerbrochen und tausend Vermutungen angestellt haben, ohne zu einem Ergebnis zu gelangen. Für mich hat der Satz – *Pape Satàn, pape Satàn aleppe* – ausschließlich klangliche, musikalische Bedeutung: Dante brauchte ganz einfach einen Reim auf *eppe.*

Unser Dichter schreibt jeweils dem Thema entsprechend, das er behandelt. Wenn ein Gesang glatt ist, schreibt er in glatten Versen, kommen in einem Gesang Wasser und Klarheit vor, verfasst er klare Verse, ist ein Gesang hart, nimmt er harte Reime. Und hier sind sie sehr hart, schroff und abweisend.

Es beginnt mit dem Reim auf *eppe* in: »aleppe-seppe«, gefolgt von dem nicht gerade einfachen Reim auf *occia* in »chioccia-roccia-noccia«; dann kommen »abbia-labbia-rabbia«, »lupo-cupo-strupo«, »fiacca-lacca-insacca«, »viddi-Carriddi-riddi, urli-pur lì-burli«. Grauenhafte Reime, so unharmonisch wie der gesamte Gesang und die Sünden derer, die in diesen Kreis verdammt sind.

»Pape Satàn, pape Satàn aleppe!«,
cominciò Pluto con la voce chioccia;
e quel savio gentil, che tutto seppe,

disse per confortarmi. »Non ti noccia
la tua paura; ché, poder ch'elli abbia,
non ci torrà lo scender questa roccia«.
Poi si rivolse a quella 'nfiata labbia,
e disse: »Taci, maladetto lupo!
consuma dentro te con la tua rabbia.
Non è sanza cagion l'andare al cupo:
vuolsi ne l'alto, là dove Michele
fé la vendetta del superbo strupo«.
Quali dal vento le gonfiate vele
caggiono avvolte, poi che l'alber fiacca,
tal cadde a terra la fiera crudele.
Cosí scendemmo ne la quarta lacca,
pigliando più de la dolente ripa,
che 'l mal de l'universo tutto insacca.
Ahi giustizia di Dio! Tante chi stipa
nove travaglie e pene quant' io viddi?
e perché nostra colpa sí ne scipa?
Come fa l'onda là sovra Cariddi,
che si frange con quella in cui s'intoppa,
cosí convien che qui la gente riddi.
Qui vidi gente più ch'altrove troppa,
e d'una parte e d'altra, con grand'urli,
voltando pesi per forza di poppa.
Percotëansi 'ncontro; e poscia pur lí
Si rivolgea ciascun, voltando a retro,
gridando: »Perché tieni?« e »Perché burli?«
(dt. Übersetzung siehe S. 152, Inferno VII, 1–30)

Weiter unten heißt es:

E io: »Maestro, tra questi cotali
dovre' io ben riconoscere alcuni
che furo immondi di cotesti mali«.
Ed elli a me: »Vano pensiero aduni:
la sconoscente vita che i fé sozzi,
ad ogne conoscenza or li fa bruni.
In etterno verranno a li due cozzi;
questi resurgeranno del sepulcro
col pugno chiuso, e questi coi crin mozzi.
Mal dare e mal tener lo mondo pulcro
ha tolto loro, e posti a questa zuffa:
qual ella sia, parole non ci appulcro [...]«
(dt. Übersetzung S. 154, Inferno VII., 49–60)

Über das Problem der Geizigen ist viel gestritten worden. Früher wurde darüber diskutiert, ob das Gewand Christi Christus gehörte oder nicht, ob Jesus etwas besaß, wo man doch, laut Evangelien, um dem Sohn Gottes zu folgen, alles zurücklassen musste, weshalb viele nicht mit ihm gehen wollten. Jesus hatte eine bisweilen schwer begreifliche, aber immer überraschende Sicht auf die Dinge. Zum Beispiel, als er im Johannesevangelium zusammen mit Judas, Johannes und Jakobus nach Betanien zum Haus von Marta und Maria geht (Johannes 12,1 ff.). Während Marta das Essen zubereitet, vollzieht Maria eine wundervolle Geste: Da sie weiß – denn solche Dinge spürt man –, dass Jesus sich nur knapp über Wasser hält, holt sie ein wunderschönes Alabastergefäß mit Nardenöl herbei, einem seltenen, wertvollen Parfüm, das damals ein Vermögen wert war, und leert es über Jesu Füßen aus.

Judas, der Verwalter der Apostel, platzt heraus: »Was machst du da, Maria? … So etwas Kostbares zu vergeuden … Wir hätten es verkaufen und das Geld den Armen geben können.«

Und Jesus: »Nein, die Armen sind immer bei euch. Aber ich bin nur jetzt hier.«

Jesus hat diese Geste wie einen Augenblick, ich will nicht sagen: des Luxus, denn in Zusammenhang mit Jesus von Luxus zu sprechen, ist nicht angebracht, sondern der Schönheit und Großzügigkeit erlebt. Maria trocknet ihm anschließend die Füße mit ihrem eigenen Haar. Der oberste Teil der Frau trocknet den untersten Teil Christi. Dieses Beispiel zeugt von tiefer Menschlichkeit, es ist von überraschender, beeindruckender Schönheit.

Und dergleichen bringt Jesu öfters … Wenn man etwa das Markusevangelium liest und auf das erste von Jesus vollbrachte Wunder stößt, bekommt man ordentlich was zu lachen. Wie alle großen Revolutionäre liebte Jesus das Leben. Abgesehen davon, dass er immer Wein trinkt (ich glaube, ich habe nur ein einziges Mal gelesen, dass er Wasser trinkt), vollbringt er sein erstes

Wunder im Markusevangelium (Markus 1, 29 ff.), während er mit Petrus und dessen Bruder Andreas zu den beiden nach Hause geht: Sie müssen miteinander reden, aber Jesus hat Hunger. Körper und Geist sind nicht voneinander getrennt, sie sind eins. Petrus' Schwiegermutter liegt jedoch krank im Bett und Jesus fragt:

»Petrus, bist du sicher, dass sie krank ist?«

»Ja, ganz sicher.«

»Sieh doch mal nach.«

Petrus geht hinter und sieht, dass seine Schwiegermutter auf den Beinen ist. Es geht ihr bestens. Jetzt kann sie für alle das Essen zubereiten.

Sein erstes Wunder vollbringt Jesus an der Schwiegermutter ... an der Schwiegermutter von Petrus. Diesen Abschnitt lesen sie nie vor, die Pfarrer. An einer Schwiegermutter, um sich das Essen zubereiten zu lassen. Da sieht man, wie einfach dieser Mann war.

Nach einer Abfolge äußerst schroffer Bilder und Klänge, kommt Dante schließlich auf Gott zu sprechen, und von da an sind die Reime anders, sie werden zart und weich, wirken heiter. Die Gott gewidmeten Terzinen greifen auf ein vollkommen anderes Register zurück:

Er, dessen Weisheit alles übersteigt,
erschuf die Himmel und gab ihnen Führer,
dass jeder Teil bestrahle jeden andern;

Das Licht gleichmäßig überall verteilend;
und so auch, für den Glanz der Erdengüter,
setzt' die Verwalterin er ein, die Führerin,

Dass sie, wenn's an der Zeit, die eitlen Schätze
vertausch' von Volk zu Volk, von Blut zu Blut,
wie auch des Menschen Sinn sich wehrt dagegen.

Drum herrscht ein Volk, das andre liegt darnieder,
je wie es ihrem Urteilsspruch gefällt,
der sich verbirgt wie in dem Gras die Schlange.

Viele glaubten, Dante habe nach dem VII. Gesang seine Arbeit an dem Werk unterbrochen. Sogar Boccaccio hielt das für möglich, denn die ersten sieben Gesänge der *Göttlichen Komödie* wurden in einer Truhe in Dantes Haus in Florenz gefunden. Das *Incipit* des nachfolgenden Gesanges, »Ich fahre fort und sage: ...«, würde diese Theorie bestätigen, so als habe der Dichter eine lange zuvor unterbrochene Rede wieder aufgenommen.

Ich fahre fort und sage: Früher noch
als wir am Fuß des Turmes angelangt,
erhoben unsere Augen sich zur Zinne,

Weil wir zwei Flämmchen dort erglühen sahen,
ein andres winkt' von ferne ihnen zu,
dass es das Auge kaum erkennen konnte.

Und ich, gewandt zum Meere aller Weisheit,
sprach: »Was soll das bedeuten? Was erwidert
das andre Feuer? Wer sind die, die's machten?«

Und er: »Schon auf den düstern Wogen her
kannst du den nahen sehn, den wir erwarten,
wenn dir des Sumpfes Dunst ihn nicht verhüllt.«

Geschnellt von eines Bogens Sehne hat
noch nie ein Pfeil so rasch die Luft durchschnitten,
als ich ein winzig kleines Schifflein sah

Durchs Wasser hin sich auf uns zu bewegen,
von einem einzgen Fährmann nur geleitet;
der rief: »Bist endlich da, verruchte Seele?«

»Phlegias, Phlegias, diesmal schreist du umsonst«,
sagte mein Führer da, »du hältst nicht länger
uns fest, als bis wir drüben angelangt.«

Die beiden Dichter befinden sich nun am Eingang zur unteren Hölle, wo die Stadt des Dis liegt, wobei Dis ein Synonym für Satan ist. Bei ihrer Ankunft werden zwei Flammen auf einen Turm gesteckt, denn man hält sie für zwei neue Verstorbene. Dann taucht plötzlich einer auf, um sie zu holen: Er heißt Phlegias. All das wird in einer Technik erzählt, die modernen Drehbüchern in nichts nachsteht. Dante wendet sich an Vergil:

»Was sollen die beiden Flammen bedeuten, die sie da oben auf den Turm gesteckt haben?«

Und der andere: »Schau aufs Wasser, dann weißt du's, ohne dass ich's dir erkläre.«

Nun taucht Phlegias auf. Er ist genauso wie Charon; er hat nichts weiter zu tun, als die Schatten durch das »tote Rinnsal« der Jähzornigen zu bringen, unter denen sich ein Bekannter Dante Alighieris befindet:

Da wir noch durch das tote Rinnsal fuhren,
taucht' einer vor mir auf mit Schlamm bedeckt
und sprach: »Wer bist du, der da kommt schon vor der Zeit?«

Und ich: »Komm' ich, so bleib ich doch nicht.
Doch wer bist du, so hässlich zugerichtet?«
Und er: »Du siehst wohl, dass ich einer bin, der weint.«

Und ich zu ihm: »So bleibe denn beim Weinen
und deinem Klagen, du verruchte Seele,
ich kenn' dich wohl, so sehr du auch besudelt.«

Dante hat diesen Verdammten erkannt, und er mag ihn überhaupt nicht. Bisher hat er allen Schatten, denen er begegnet ist, Respekt und Wohlwollen entgegengebracht, diesen hier beschimpft er dagegen übel:

»Wie hässlich du bist! Du widerst mich an, zum Teufel mit deiner Mutter und deiner Schwester!«

»[...]Voll Hochmut war auf Erden dieser Mensch,
und keine Güte ziert sein Angedenken;
so ist auch hier sein Schatten wuterfüllt.

Wie viele halten droben sich für Kön'ge,
die hier im Schlamm wie Schweine stecken werden,
von sich nur Abscheu lassend und Verachtung.«

Und ich: »Gar sehr wär' ich begierig, Meister,
ihn eingetaucht zu sehn in diesen Schlamm,
eh dass den See wir beide noch verlassen.«

Und er zu mir: »Bevor sich noch das Ufer
dir zeigen wird, sollst du befriedigt sein;
solch eines Wunschs Erfüllung wirst du kosten.«

Und über kurzem sah in Stücke reißen,
ich jenen durch das schlammbedeckte Volk,
dass heut noch Gott ich lobe und ihm danke.

»Drauf«, riefen alle, »auf Filippo Argenti!«

Damals wusste jeder, wer Filippo Argenti ist, er war als Idiot allerersten Ranges bekannt. Er lebte in Florenz, so heißt es auch bei Boccaccio, und war ein Neureicher. Er nannte sich Argenti (dt. »Silber«), weil er seine Pferde mit Silber beschlagen ließ. Außerdem hatte er ziemliche Macht in der Stadtrepublik, dieser Filippo

Argenti Cavicciuri degli Ademari. Seine Familie gehörte zu den schwarzen Guelfen. Diebe warn das, ach, Diebe ist gar kein Ausdruck … Wenn Argenti mit dem Pferd vorbeikam, streckte er die Beine aus, und trat von seinem Sattel aus nach allen, die ihm zu nahe kamen. Man hatte schon einen Antrag bei der Stadtverwaltung eingereicht, dass Filippo Argenti nur noch mit geschlossenen Beinen reiten dürfe, aber es war nichts zu machen. Irgendwann ging Dante in die Politik, er wurde Zunftvorsteher und deckte einen Korruptionsfall auf, in den Argenti verwickelt war.

Der Idiot kommt zu ihm und sagt: »Entschuldige, Dante … du als Zunftvorsteher … du musst mir helfen, musst mich decken …«

Dante berät sich mit den anderen Zunftvorstehern und statt ihn zu zwei Jahren zu verurteilen, wie es ausgemacht war, sorgt er dafür, dass er sechs Jahre plus Verbannung bekommt.

Als Filippo Argenti davon erfährt, wartet er, bis Dante aus der Versammlung der Zunftvorsteher kommt, baut sich vor ihm auf und sagt: »Du willst ein Dichter sein?« Dann verpasst er ihm eine Ohrfeige.

Ich glaube, dass Dante danach sofort nach Hause ging, um diesen Gesang der *Göttlichen Komödie* zu schreiben: »Du wirst schon sehen, wo ich dich erwische, mein lieber Filippo Argenti …«

Argenti war furchtbar, ein Frauenschänder, aber mit

seinen Verbindungen hat er es geschafft, seine Verbannung abzuwenden. Stattdessen sagte er falsch gegen Dante aus, als dieser zur Verbannung verurteilt wurde. Dante war ein intelligenter, moralisch rechtschaffener, sehr gefühlsbetonter Mensch, aber er war kein bisschen hinterlistig. Als man ihn in die Verbannung schickte, nahm Argenti all seine Güter in Beschlag. Dante hasste ihn, und so wie ihn, hasste er alle überheblichen und beschränkten Menschen, die Macht haben, die korrupt sind und die zu bremsen es keine Möglichkeit gibt.

Wohl mehr als Tausend sah ich auf den Toren,
vom Himmel Abgefallne, wutentbrannt,
die sagten »Wer ist's, der da ohne Tod

Hinschreitet durch das Reich des toten Volkes?«
Mein Meister gab darauf ein Zeichen,
er wollte insgeheim mit ihnen sprechen.

Da dämpften um ein Kleines sie die Wut,
und sagten: »Komm allein, doch er geh fort,
der so vermessen dieses Reich betrat.

Allein geh er zurück den tollen Weg,
versuch' er's, ob er's kann, und du bleibst hier,
der du ihm dieses dunkle Reich enthüllt.«

Dante sieht dort Tausende von Teufeln, die ihn nicht in die Stadt des Dis lassen wollen und ihm furchtbare Angst einjagen. Diese Teufel, vor denen er sich so fürchtet – und der Dichter hat vom ersten Gesang an Angst, seit er geschrieben hat »Wohl in der Mitte unsres Lebensweges ...« –, fordern Vergil auf, ruhig näher zu kommen, um mit ihnen zu reden, aber Dante soll verschwinden, ihn wollen sie nicht bei sich haben. Man versetze sich einmal in Dante: Er soll umkehren, den ganzen Weg über den Styx, an Filippo Argenti und den Jähzornigen vorbei, er soll Cerberus und Charon wieder begegnen, ganz allein. Entsetzt wendet er sich, zum allerersten Mal, an den Leser:

»O Leser, denk, wie mich Verzweiflung fasste
bei dieser so verruchten Worte Klang,
denn niemals glaubt' ich wieder heimzukehren.«

Dann wendet er sich an Vergil, und zwar in so blumiger Weise wie nie zuvor:

»O teurer Führer, der mir Schutz gewährt'
schon mehr als siebenmal, und aus so großer
Gefahr mich rettete, die mich bedrohte,

Verlass mich nicht, so hilflos wie ich bin;
bleibt's mir versagt, noch weiter vorzudringen,
lass rasch uns wiederfinden unsre Spur!«

»Vergil, mein guter, lieber Führer, du hast mich so oft beschützt, hast mir aus Gefahren geholfen, lass mich nicht allein, hör nicht auf die dort. Du willst doch nicht etwa mit ihnen gehen? Wenn sie nicht wollen, dass wir weitergehen, kehren wir eben gleich um, aber gemeinsam! Der Weg ist ja gar nicht so lang … Sieben Höllenkreise hab ich schon gesehen, ich hab 'ne Menge Dinge, über die ich schreiben kann … Mit dem, was ich bisher gesehen habe, werde ich ein absolut umwerfendes Gedicht schreiben … mir genügt es so. Außerdem bin ich ein bisschen müde … so müde, dass ich mich kaum auf den Beinen halten kann … Warum kehren wir nicht um?«

Und er, mein Herr, der mich bis hier geführt,
er sprach: »Sei ohne Furcht, denn unsern Weg
hält niemand auf; so mächtig ist, der ihn uns wies.

Doch warte hier, und die bedrängte Seele
erlab und tröste sie mit guter Hoffnung,
denn ich verlass' dich nicht in dieser untern Welt.«

So geht er fort und lässt mich da zurück,
der Vater hold, und ich verharr' im Zweifel,
denn Ja kämpft mit dem Nein in meinem Haupt.

Was er zu ihnen sprach, konnt' ich nicht hören,
allein nur kurze Zeit stand er bei ihnen;
ins Innre flohn im Wettlauf sie zurück.

Die Gegner schlossen meinem Herrn die Tore
dicht vor der Brust; er musste draußen bleiben
und wandte sich zu mir gehemmten Schritts.

Zur Erd' gesenkt die Augen, und die Wimpern
von jeder Zuversicht entblößt, so sprach er seufzend:
»Wer wehrt den Eingang mir zur Stadt der Schmerzen?«

Dante ist unglaublich ernst, bisweilen aber auch wunderbar komisch. Zwischen ihm und Vergil besteht eine enge Freundschaft, eine tiefe Verbundenheit, geheimnisvoll und unergründlich wie die Liebe. Aber an einem bestimmten Punkt, in ebendiesem VIII. Gesang, verwandelt sich Vergil, wie in einem modernen Schauspiel, vom Freund in einen Bühnenpartner, er und Dante werden ein Komikerduo wie Dick und Doof. Die beiden haben tatsächlich dieselben Eigenschaften wie Oliver Hardy und Stan Laurel und die ganze Geschichte ist zum Totlachen: ein verängstigter Dante, der partout nicht in die Hölle gehen will, obwohl er von Gott, der Jungfrau Maria, der hl. Lucia, von Beatrice, allen Heiligen und von seinem Lieblingsdichter dazu berufen ist. Er hat wahnsinnige Angst. Vergil spielt die Rolle von Hardy, dem, der sagt: »Mach dir keine Sorgen, ich bring die Sache schon in Ordnung.« Er geht hin und macht das Ganze noch schlimmer; als er alles verbaut hat, kommt er zurück und zieht dabei genau so ein Gesicht wie Hardy. Es gibt eine Menge Passagen, die nach demselben Muster ablaufen wie ein Sketch. Das Ganze spielt in einer Szenerie, die Dante beschreibt, als habe er LSD genommen. Nicht etwa Ecstasy, nein, reinste Lysergsäure, den härtesten Stoff!

Der VIII. Gesang bringt einen zum Lachen, weil Dante Alighieri körperlich ins Spiel kommt, Angst und Gefühle interagieren mit dem Körper, es sind wesentliche Bestandteile der Komödie. Wenn einer von Napoleons Generälen mit zerknirschtem Gesicht zu ihm kam, um eine schlechte Nachricht zu überbringen, sagte er ihm: »Setzen Sie sich!« Und da sie alle breite Hintern hatten, Schwerter, Wappen und lange Jacken trugen, verhedderte sich der General beim Hinsetzen. Dann fing Napoleon an zu lachen und die ganze Tragödie war beendet; die Schlacht ging gut aus, weil er gute Laune hatte. Jedes Mal also, wenn es körperlich wird, kommt die Komödie ins Spiel, das Menschliche, Schlichte, das letztlich nicht anders ist als das Erhabene; es gibt keinen Unterschied.

Laut der griechischen Mythologie gab es, als die Welt erschaffen wurde, den Himmel – Uranos – und die Erde – Gaia. Uranos, der von Gaia hingerissen war, wollte mit ihr schlafen, und da sie Erzeugerin von Dingen war, schliefen sie dauernd miteinander. So hatten sie einen Haufen Kinder.

Aber Gaia, die das ständige Miteinanderschlafen und Kinderkriegen irgendwann satt hatte, nahm eines dieser Kinder, Kronos, beiseite und sagte: »Bitte, mach irgendwas mit Papa, ich kann nicht mehr.«

Als Uranos schlief, nahm Kronos die Sichel und entmannte ihn, er beschnitt sozusagen alle Geschäfte seines Vaters. Danach nahm er dessen Genitalien und schmiss sie vom Himmel hinab. Die spärlichen Reste fielen ins Meer, aber drei Tropfen von dem Blut des Weltgottes spritzten auf die Erde und brachten die Erinnyen (die römischen Furien) hervor: Alekto, die Unablässige, also das Schuldgefühl; Megära, den Hass und erbitterten Neid; Tesiphone, die Vergeltung. Die Erinnyen umkreisten die Welt und versuchten den Menschen begreiflich zu machen, wie furchtbar die Gefühle sind, die sie verkörperten, aber dabei griffen sie auf grauenhafte Methoden zurück und scheiterten deshalb. In den wenigen Fällen, in denen ihr Vorhaben gelang, änderten sie ihren Namen und wurden mit den Eumeniden gleichgesetzt.

Die Erinnyen verbündeten sich mit einer der Gorgonen, jenen Gottheiten, die aus der Verbindung des Meerungeheuers Keto mit einem anderen Ungeheuer namens Phorkys hervorgegangen waren. Phorkys war so hässlich, dass keine ihn haben wollte, aber Keto schlief mit ihm und brachte die drei Gorgonen zur Welt. Sie sahen derart scheußlich aus, dass jeder, der sie sah, zu Stein erstarrte (deshalb heißt es: »vor Schreck versteinern«). Nur eine der drei, Medusa, die einzig Sterbliche, war wunderschön. So schön, dass Poseidon mit ihr schlief und sie, geschwängert, in den Tempel der Athene brachte, die darüber wütend wurde und, anstatt Poseidon zu bestrafen, Medusa bestrafte, indem sie deren Haare in Schlangen verwandelte und sie zur hässlichsten der drei Gorgonen machte.

Auf diese Mythen nimmt Dante im IX. Gesang Bezug. Vergil ergreift das Wort:

»Sieh dort«, sprach er, »die grimmigen Erynnien!

Die ist Megära, an der linken Seite,
und jene, die zur Rechten heult, Alekto,
Tesiphone ist in der Mitte.« – Darauf schwieg er.

Die Brust zerriss sich jede mit den Krallen,
sie schlugen sich mit Händen – schrien so laut,
dass ich vor Angst mich an den Dichter drängte.

»Medusa komm, wir machen ihn zu Stein!«
So schrien sie und starrten dort hinunter.
»Weh uns, dass Theseus' Angriff wir nicht rächten!«

Einige erinnern sich vielleicht, dass Medusa von Perseus mithilfe eines Tricks umgebracht wurde. Athene hatte Perseus einen verspiegelten Schild geschenkt, so konnte er die Gorgone im Spiegel sehen und ihr – da er den direkten Blickkontakt vermied, der ihn versteinert hätte – den Kopf abschlagen. Auf der Piazza della Signoria in Florenz steht übrigens eine wunderbare Statue von Benvenuto Cellini, die Perseus mit dem blutenden Haupt der Medusa in der Hand zeigt. Aus diesem Blut, das auf die Erde tropfte, wurde Pegasus geboren. Ein großartiger Künstler dieser Benvenuto Cellini, oder besser gesagt *Welcome* Cellini, wie amerikanische Produzenten auf dem Titelblatt eines Drehbuches geschrieben hatten, das sie mir anboten …

Im folgenden Gesang, dem X., geht es um die Häretiker. Zu Dantes Zeiten war Häresie ziemlich verbreitet: vom Morgenland ausgehend kam es zu Abspaltungsbestrebungen und nach den Kreuzzügen verbreitete sich zunehmend häretisches Gedankengut: Es entstanden die Patarener, die Waldenser, die Katharer. Letztere flohen vor der Verfolgung durch die Kirche nach Béziers, in Frankreich, wo sie sich versteckten und unter die Bevölkerung mischten. Der päpstliche Legat, der sich dorthin begeben hatte, um sie aufzuspüren, wurde gefragt:

»Und woran soll man sie erkennen? Es ist unmöglich, hier sind überall Katholiken.«

Darauf hin der päpstliche Legat: »Ganz einfach!

Bringt sie alle um, Gott wird die Seinen schon erkennen …«

Der X. Gesang ist einer der großartigsten des gesamten Werkes; Stil, Dichtung, Expressivität sowie der Sinn für Schmerz und Größe erreichen hier ihren Höhepunkt.

Die Töne drangen plötzlich her zu uns
aus einem Grab herauf, da drängt' ich mich
voll Furcht ein wenig mehr an meinen Führer.

Er aber sprach: »Was tust du? Wende dich!
Dort siehst du Farinata, aufgerichtet,
vom Gürtel aufwärts ganz erblickst du ihn.«

Jacopo Manente degli Uberti, wegen seiner hellen Haare Farinata (dt.: »Mehlsuppe«) genannt, ein außergewöhnlicher Mensch, war Anführer der Ghibellinen, die den Kaiser unterstützten und als Häretiker sowie Sodomiten galten. Die Ghibellinen hatten zunächst die Oberhand und vertrieben die Guelfen, die ihrerseits den Papst unterstützten und als Frömmler und Heuchler galten. Aber die Art, wie die Ghibellinen ihre Macht ausübten, war ein bisschen zu kapitalistisch und das Volk rebellierte. Nach dem Tod von Kaiser Friedrich II., unter dessen Schutz die Ghibellinen standen, kamen die Guelfen wieder an die Macht.

Farinata ging daraufhin nach Siena und begann gemeinsam mit den Sienesischen Ghibellinen gegen Florenz zu agieren. So beschlossen die Florentiner Guelfen, nach Siena zu gehen, um ihre Gegner zu vernichten, wodurch es zu der berühmten Schlacht von Montaperti kam. Die Guelfen wurden niedergemetzelt, aber nur, weil sie einer verraten hatte, der sich Bocca degli Abati nannte, und den Dante zu den Verrätern in die Hölle steckt: Bocca degli Abati hatte Jacopo de' Pazzi, der das Banner trug, sowie zwei oder drei weiteren Fahnenträgern die Arme abgeschlagen. Ohne richtungsweisende Wappenzeichen verloren die Guelfen die Orientierung und die Ghibellinen zerhackten sie in Stücke. Der Arbia-Fluss war rot gefärbt von all dem vergossenen Blut. Dann gingen die Ghibellinen nach Empoli.

»Was machen wir jetzt mit Florenz?«, fragte einer.

»Niederbrennen und dem Erdboden gleichmachen«, schlug einer vor. »Möge es für immer von der Erde verschwinden!«

Alle waren einverstanden, alle außer Farinata degli Uberti: »Nein, Florenz ist meine Heimatstadt. Auch wenn wir gewonnen haben, darf es nicht vollkommen zerstört werden.«

Wir haben es also Farinata zu verdanken, dass Florenz heute noch existiert, ohne ihn wäre es dem Erdboden gleichgemacht worden und Dante Alighieri wäre niemals zur Welt gekommen.

Doch da erhob sich vor den Blicken, nackt,
ein Schatten neben diesem bis zum Kinn;
er hatte sich wohl auf die Knie erhoben.

Hier haben wir es mit Cavalcante Cavalcanti, dem Vater von Dantes bestem Freund, Guido, zu tun. Guido Cavalcanti war ein sehr schöner, stolzer Mann. Eines Tages begegnete er auf dem Friedhofsweg seinem Feind Corso Donati.

»Mach Platz«, befahl Donati.

Daraufhin Guido: »Du hast recht ... Wir sind auf dem Friedhof, da bist du zu Hause ... ich mach dir Platz.«

Donati geriet in Rage, Cavalcanti wich aus, sprang über die Mauer und verschwand. Er war sowohl körperlich als auch geistig sehr gewandt. Und er wäre der größte Dichter des 13. Jahrhunderts geworden, wenn nicht Dante Alighieri auf die Welt gekommen wäre. Man ist natürlich schlecht beraten, wenn man Dichter werden will, und ausgerechnet zu Zeiten Dantes geboren wird. Das ist so, als würde einer, der Zimmermann werden will, zur selben Zeit wie Josef geboren ...

Guido Cavalcanti war ein sehr feinsinniger Dichter. Er folgte jener Richtung elegischer Lyrik, die schließlich mit Petrarca ganz Europa bis ins 16. Jahrhundert beeinflussen sollte. Zu seinem Kreis gehörten Dichter wie Lapo Gianni, Alfani, Frescobaldi und Cino da Pistoia. Dante war bettelarm, die anderen dagegen adlig und wohlhabend; aber irgendjemand hatte ihm Geld zukommen lassen, damit er studieren konnte, was ihm sehr gut gefiel. Um in den Kreis dieser ziemlich versnobten Intellektuellen aufgenommen zu werden und um zu zeigen, dass auch er dichten konnte, schrieb er das folgende berühmte Sonett im Stil Cavalcantis.

Guido, ich wünschte: dich, Lapo und mich
ergriff ein Zaubrer und versetzt geschwinde
uns in ein Schifflein, das bei jedem Winde
das Meer durchführ, wie ihr es wollt und ich,

Dass weder Sturm noch andre Ungunst sich
erkühnte, dass es uns die Flügel binde,
auch dass ein jeder Lebenslust empfinde
und keinen jemals Trennungswunsch beschlich.

Dass Monna Vanna, Monna Lagia dann
und die, der Nummer Dreißig ist beschieden,
der gute Zaubrer uns herverschriebe;

Und dass wir sprächen immer nur von Liebe,
und ihrer jede wäre so zufrieden,
wie wir uns, glaub ich, selbst erfreuten dann.

Guido las es und empfing den Dichter mit offenen Armen. Im X. Gesang heißt es weiter:

Rings blickte er um mich, als wollt' er wissen,
ob noch ein andrer sei in meiner Nähe;
doch als erloschen die Vermutung ganz,

Sprach weinend er: »Wenn durch den dunklen Kerker
du gehst hier kraft der Hoheit deines Geistes:
wo bleibt mein Sohn? Wie kommt's, dass er nicht bei dir?«

Und ich: »Aus eignen Kräften komm' ich nicht,
er, der dort meiner harrt, geleitet mich;
vielleicht hat euer Guido ihn missachtet.«

Die Worte und die Art auch seines Kummers,
sie hatten seinen Namen mir verraten;
drum war auch also treffend meine Antwort.

Und plötzlich aufgerichtet rief er: »Wie?
Er hat missachtet? Lebt er denn nicht mehr?
Trifft seine Augen nicht das holde Licht?«

Der arme Cavalcante Cavalcanti hoffte, neben Dante den eigenen Sohn wiederzusehen: Da es Dante dank dessen geistiger Größe gewährt worden war, als Sterblicher in die Hölle hinabzusteigen, war er sicher, dass auch Guido dieses Privileg zukam. Und welch Schmerz, als er Dantes Worten – »vielleicht hat eurer Guido ihn missachtet« – zu entnehmen glaubt, Guido sei gestorben. Bemerkenswert ist, dass Dante in den beiden letzten hier zitierten Terzinen auf eine Folge von Reimwörtern zurückgreift – »nome«, »come«, »lume« –, die auch Guido Cavalcanti in seinem berühmten, schwer verständlichen, innovativen und geheimnisvollen Gedicht *Donna me prega* [dt.: *Mich bittet eine Dame*] verwendet.

Mich bittet eine Dame zu erklären,
was gnadenlos und doch so groß zumeist
und was man Liebe heißt. Wer widerspricht,
dass das ihr Name, soll die Wahrheit hören!
Jetzt such ich bloß noch den Genoss von Geist,
denn wer um Niedres kreist, der dient mir nicht.
Ich trage nämlich keineswegs Begehren,
nun zu belehren ohne den Beweis
aus philosph'schem Fleiß, der davon kündet,
wo jene Liebe wohnt, wer sie begründet,
wie Kraft und Macht in ihr sich mehren,
und wie sie ehren Sein und Lebenskreis
um diesen Preis, den man die Liebe nennt.
Kann man sie deuten, da man sie erkennt?

In dem Bereich, der das Gedächtnis birgt,
gerade dort wählt sie den Hort. Wie Licht,
das Glas durchbricht, kommt sie aus der Dunkelheit,
geheimnisreich, vom Mars bewirkt.
Verweilt am Ort dann immerfort und spricht,
dass sie ganz schlicht erschaffen und allzeit
auch einen ganz vernünft'gen Namen führt.

Guido ist jedenfalls nicht tot, aber Dante antwortet nicht und lässt Cavalcante in dem Glauben, dass er es sei. Und warum sagt er ihm nicht gleich, dass er noch lebt? Weil er etwas »durcheinandergebracht« hat: Er ist davon überzeugt, dass die Verstorbenen alles wissen, deshalb glaubt er, es sei überflüssig zu betonen, dass der Sohn noch am Leben ist. Die Toten in diesem Abschnitt sehen jedoch die Gegenwart nicht, wie ihm Farinata im selben Gesang erklärt:

»Wir sehn, wie der, dess' Augen schwach geworden,
die Dinge«, sagt er, »die noch weit von uns;
so viel noch leuchtet uns der höchste Gott.

Wenn sie sich nähern, oder sind, ist eitel
ganz unsre Sicht; bringt's uns ein andrer nicht,
so wissen wir nichts vom dem Tun der Menschen.

So magst du wohl verstehn, dass ganz erlöschen
wird unser Wissen in dem Augenblick,
wo sich der Zukunft Tor für immer schließt.«

Dante erkennt nun den Fehler, den er dem armen Cavalcante gegenüber begangen hat, und bittet deshalb Farinata, sich bei diesem für ihn zu verwenden und ihm zu erklären, dass er ihn zuvor falsch verstanden hatte:

Da sagt ich, wie von meiner Schuld zerknirscht:
»So meldet jenem, der zurückgesunken,
dass noch bei den Lebendgen weilt sein Sohn.

Und, blieb vorhin die Antwort ich ihm schuldig,
so wiss' er, dass ich's tat, weil ich bedachte
bei mir den Irrtum, den ihr mir gelöst.«

Dantes Dichtung erreicht ungeahnte Höhen, wobei der Gesang, in dem Odysseus auftaucht, den Gipfel, oder zumindest einen der berühmtesten und rätselhaftesten Teile darstellt.

Die Sünder des XXVI. Gesangs sind die schlechten Ratgeber, die Hinterhältigen, jene, die nicht mit offenen Karten spielen. Da sie Willenskraft und Verstand, also das größte Geschenk, das Gott den Menschen gemacht hat, schlecht verwenden, hat der Schöpfer sie in diesen Abgrund der Hölle geworfen.

Der XXVI. Gesang hat bei Generationen von Lesern Verwirrung ausgelöst, seit jeher fragen sie sich, wie ein Mann von so großer Klugheit wie Odysseus in der Hölle landen konnte. Mich hat immer die Tatsache nachdenklich gestimmt, dass Dante in gewisser Weise eine Verbindung zwischen zwei wichtigen Schriftstellern, nämlich Primo Levi und dem russischen Dichter Ossip Emiljewitsch Mandelstam, hergestellt hat. Beide waren an den finstersten Orten eingesperrt, die der Mensch sich vorstellen kann, einer im Vernichtungslager Auschwitz, der andere in einem Gulag in Sibirien, und beide versuchten all das Grauen durch den Rückgriff auf die *Göttliche Komödie* zu überwinden. Mandelstam schrieb ein kritisches Essay über den Odysseus-Gesang, Levi versuchte, denselben Gesang einem Tellerwäscher aus dem Lager zu erklären. Beide wussten, dass es nicht nur das absolut Böse gibt, das sie in den Lagern zu sehen bekamen, dass der Mensch befähigt ist, sich zu höchsten Höhen aufzuschwingen.

Im Film benutzt man oft Rückblenden, um dem Zuschauer Dinge zu zeigen, die sich zu einem früheren Zeitpunkt ereignet haben. Plötzlich wird eine Szene eingeblendet, die den Protagonisten bei einer Handlung zeigt, die grundlegend für das Verständnis der bisherigen oder noch folgenden Ereignisse ist. Genau das tut Dante, wenn er sich ausmalt, wie Odysseus war, denn niemand weiß, wie er in Wirklichkeit war, aber Dante beschreibt ihn und lässt ihn uns wahrhaftig erscheinen. Das ist Schönheit! Kunst beginnt dort, wo die Wirkung der Schönheit oder Wahrheit geopfert wird. Wenn Worte – Worte, nicht Taten – Besserung versprechen, sollte man sie befolgen. Und Dantes Worte versprechen immer Besseres, in manchen Fällen verbessern sie sogar Vergils Hexameter.

Dante lässt Odysseus sprechen und tritt selbst vollkommen zurück; er spürt, dass dieser genauso ist wie er, denn Odysseus hat das Unbegreifliche versucht, so wie auch Dante das Unbegreifliche versucht und bisweilen Gottes Stelle einnimmt: Er urteilt über alle und er hat furchtbare Angst.

Hier die Verse, in denen Odysseus in Erscheinung tritt:

Das größre Horn an der antiken Flamme
begann zu flackern, und es flüsterte,
wie wenn vom Winde heftig es bewegt,

Und so die Spitze hin und wider führend,
als wäre es die Zunge, die da redet',
gab's eine Stimme von sich, sprechend: »Als ich …

Dante greift hier, wie an vielen anderen Stellen, auf die Technik des *Enjambements* zurück: Ein Vers endet, ohne dass der Satz abschließt, der dann im folgenden Vers fortgeführt wird. Dieser Kunstgriff spornt dazu an, weiterzulesen, man fühlt sich von einer Flut erfasst, wird beim Lesen oder Vorlesen derart dazu angetrieben, alles zu erfahren, dass man unmöglich innehalten kann, man rast wie ein Zug, der immer schneller wird, geradewegs auf das Ende von Odysseus zu, das letztlich unser aller Ende ist.

Es gibt wunderbare Verse, in denen Odysseus erklärt, dass er nicht bei Penelope, beim Vater und der Mutter bleiben, sondern die Sünden und den Wert der Menschen erforschen wollte:

So zog's mich denn aufs offne Meer hinaus

»Ma misi me per l'alto mare aperto«, lautet der Vers im Original. Odysseus sagt nicht »mi misi«, sondern »misi me«, »so zog's mich denn« statt »so zog ich denn«: Welche Kraft er seinen Worten verleiht, indem er einen einzigen Buchstaben verändert. Er stellt sich selbst als gewaltiges Wesen, als den Geist des Menschen dar, der über sich hinausgeht und sich an einem Punkt platziert: »Dort musst du bleiben!« Er ist der Mensch, der zu Gott wird und sich selbst befiehlt: »Das ist dein Weg!«

Wer weiß, wo Dante die Verse her hat, in denen Odysseus sagt:

›Gedenkt, aus welchem Samen ihr entsprossen,
geschaffen ward ihr nicht, wie Tiere hinzuleben,
doch Tüchtigkeit euch zu erringen und Erkenntnis.‹

So heiß macht' die Gefährten ich entbrennen
für diese Reise durch die kurze Rede,
dass ich sie kaum mehr hätt zurückgehalten.

Das Achterschiff dem Morgen zugewendet,
wurden zum tollen Flug die Ruder Flügel …

»wurden zum tollen Flug die Ruder Flügel«. Da kann einem ganz schwindlig werden, wenn man das hört. Es gibt ein atemberaubendes Bild der Menschheit. Wir alle sind Kinder des eigenen Sohnes und Väter des eigenen Vaters. Hier kommt erneut die Schönheit ins Spiel, die man in einem einzigen Augenblick erfasst, genau wie dort, wo Dante uns das Paradies als eine Rose beschreibt, es aber nicht schafft, uns zu sagen, was genau es ist, denn außer der Rose gibt es nichts. Außer der Rose ist … die Rose! Sonst nichts, nicht einmal das Nichts.

Es gibt ein hübsches Gedicht von Giorgio Caproni, das folgendermaßen beginnt:

Un idea mi frulla
scema come una rosa
dopo di noi non c'è nulla
nemmeno il nulla
che già sarebbe qualcosa.

(Einen Gedanken kann ich nicht vertreiben,
einfältig wie eine Rose ist er,
dass nach uns nichts mehr wird bleiben,
nicht einmal das Nichts,
was immerhin etwas wär'.)

Welch Perfektion in dem Vers »scema come una rosa« liegt, wo »scema« nicht nur »einfältig«, sondern auch »erhaben« und vieles mehr bedeutet. Dantes Einfluss ist hier stark zu spüren, und nicht nur hier, sondern auch außerhalb Europas. Nehmen wir zum Beispiel *Moby Dick* … Undenkbar, dass Melville den Odysseus-Gesang nicht gelesen hat. Er hat ihn tatsächlich gelesen, nämlich in der klassischen amerikanischen Übersetzung von Longfellow, die recht spektakulär, ein wenig barock, aber wirklich mitreißend ist. Und ergeht es Kapitän Ahab beim Showdown mit Moby Dick nicht genauso, wie Dantes Odysseus am Ende des Gesangs?

Fünfmal erhellt und fünfmal schon verdunkelt
war in der Sphäre unterm Mond das Licht,
seitdem zur hohen Fahrt wir ausgezogen,

Als in der Ferne uns ein dunkler Berg
auftauchte, und so hoch erschien er mir,
wie ich noch keinen je gesehen hatte.

Wir freuten uns, doch sollten bald wir weinen,
ein Wirbelsturm kam von der neuen Erde,
der schlug die vordre Spitze unsres Schiffs,

Dreimal dreht er's herum mit allen Wassern,
beim vierten hob's den hintern Teil nach oben,
den Bug nach unten – wie's ein andrer wollte –,

Und dann schlug über uns das Meer zusammen.

Welch Schönheit, welch Perfektion! Natürlich entspricht das, was Dante hier beschreibt, nicht der Wahrheit, genauso wenig wie in dem Gesang mit Graf Ugolino. Wir wissen mit Sicherheit, dass Ugolino seine Kinder nicht verschlungen hat. Wir haben es zwar jahrhundertelang geglaubt, aber es war nicht so. Es ist also nicht die Wahrheit, die die Schönheit ausmacht, vielmehr macht die Schönheit die Wahrheit aus.

Der Pisaner Ugolino della Gherardesca, Graf von Donoratico, stand auf der Seite der Ghibellinen, wie ganz Pisa, das mit Florenz aufs Schärfste verfeindet war. Anstatt jedoch während der Seeschlacht bei Meloria, die mit der Niederlage von Pisa endete, mit seinen zwölf Galeonen einzuschreiten, beschränkte Ugolino sich darauf, die Niederschlagung seiner Stadt zu beobachten. Als er daraufhin Podestà von Pisa wurde, gestattete er Florenz, Guelfen an der Pisanischen Regierung zu beteiligen und überließ darüber hinaus Lucca einige Kastelle, die von großer Bedeutung für das städtische Verteidigungssystem waren.

Der Erzbischof Ruggieri degli Ubaldini, der zwar

ein Mann der Kirche war, aber auf Seiten der Ghibellinen stand, stachelte die Pisaner gegen Ugolino auf, indem er behauptete, ihr Podestà würde sich immer stärker mit den Guelfen einlassen. Als sich Ugolino in seiner Grafschaft aufhielt, überbrachte ihm Ruggieri die Lügenbotschaft, sein Freund Nino Visconti wolle ihm die Macht entreißen. So lockte er den Grafen nach Pisa, wo dieser sofort verhaftet und zusammen mit seinen Söhnen Gaddo und Uguccione sowie seinen Enkeln Anselmuccio und Nino in die Torre della Muda gesperrt wurde, die den Gualandi gehörte. Auf Befehl des Erzbischofs wurden die Gefängnisschlüssel in den Arno geworfen und die fünf dem Hungertod überlassen.

Dantes Ugolino befindet sich im tiefsten Teil der Hölle, im neunten Kreis, dem letzten vor Luzifer. Hier sind die Verräter, die im Eis des Kokytos versinken und sich in vier Gruppen unterteilen: Der ersten (Caina) gehören die Verräter an Verwandten an, der zweiten (Antenora) die politischen Verräter, der dritten (Ptolemäa) die Verräter an Gastfreunden und der vierten (Giudecca) die Verräter an den eigenen Wohltätern.

Dante platziert Ugolino in der Antenora, zusammen mit vier noch sehr jungen Kindern, oder besser gesagt zwei Kindern und zwei Enkelkindern, und bringt so den schlimmsten aller nur denkbaren Schmerzen zur Darstellung: den eines Vaters, der seine eigenen Kinder sterben sieht, während sie ihn um Hilfe anflehen und er nichts dagegen tun kann. Und der obendrein die Ursache ihres Todes ist.

Als der Dichter in den neunten Kreis kommt, sieht er einen Verdammten, der am Schädel eines anderen nagt, ihm in den Nacken beißt und ihn zerkaut.

Da hob den Mund von seinem wilden Mahle
der Sünder auf und wischt' ihn an den Haaren
des Haupts, das er von hinten angefressen.

Dann der Überraschungseffekt:

»So wisse denn, Graf Ugolino war ich,
und dieser hier war Erzbischof Ruggieri,
nun sag' ich dir, warum ich ihm so nahe«

Nicht zu fassen! Graf Ugolino, der am Schädel von Erzbischof Ruggieri nagt, und der zu Dante sagt, er werde ihm erzählen, was wirklich geschah. Das Unglaubliche daran ist, dass niemand weiß, was sich in der Torre della Muda tatsächlich ereignet hat. Dante entwirft für uns ein Szenario von unvergleichlicher Kraft:

»Doch was zu deinen Ohren nicht gedrungen,
das ist, wie grausam dieser Tod gewesen,
so hör' und wisse, was er mir getan:«

Ugolinos Ende war ein Ereignis, das damals überall die Runde machte. Acht Monate nach der Verurteilung wurde der Turm geöffnet und man fand fünf vollkommen abgenagte Leichname, vermutlich das Werk von Mäusen, aber die Leute stellten sich wer weiß was vor.

»Als ich erwachte vor dem Morgengrauen,
hört' ich im Schlafe meine Kinder weinen,
die mit mir waren und nach Brot verlangten«

Ugolinos Kinder haben Hunger, sie weinen und bitten den Vater um Brot:

»Papa, gib mir was zu essen …«

Die Kinder glauben, der Vater sei ein Gott, er könne alles, aber Ugolino ist ohnmächtig angesichts von Tod und Schmerz.

»Als dann ein karges Licht hereingedrungen
ins düstere Verlies, sah ich gespiegelt
aus vier Gesichtern mir mein eigen Bild.

Da biss ich mich vor Schmerz in beide Hände
und jene, wähnend, dass ich's tät aus Hunger
nach Speise, sprangen alle auf zugleich

Und sprachen: ›Vater, wen'ger möcht's uns schmerzen,
äßest von uns du – du hast uns bekleidet
mit dem elenden Fleisch, du nimm es von uns!‹«

Der gesamte Gesang dreht sich ums Essen, ebenso wie die Gedanken Ugolinos, der nicht weiß, was er tun soll, und sich in seiner Verzweiflung in die Hände beißt. Der Schmerz durchdringt die Herzen aller fünf, als die Kinder ihn auffordern, sich von ihrem Fleisch zu nähren.

»Und als zum vierten Tage wir gekommen,
warf sich mein Gaddo hin vor meine Füße
und sprach: ›Mein Vater, warum hilfst du nicht?‹«

Nach vier Tagen ist der jüngste Sohn am Ende. Diese Stelle erträgt man kaum, und das nicht nur wegen der Qualen des Jungen, sondern auch weil Gaddos Worte dieselben sind wie die von Christus am Kreuz: »Vater, warum hast du mich verlassen?« Wir haben also den Verweis auf die Kreuzigung, wobei Christus für uns all jene verkörpert, die leiden und ob des unerträglichen Schmerzes um letzte Hilfe bitten. Auch Jesus bekam auf dem Höhepunkt seiner Leiden keine Hilfe vom Vater.

»Dann starb er, und wie du mich hier erblickst,
sah ich hinsinken einen um den andern,
die drei vom fünften Tag zum sechsten – dann

Erblindet schon, sucht' ich sie mit den Händen;
zwei Tag nach ihrem Tod rief ich sie noch;
doch stärker als der Schmerz war dann der Hunger.«

Auch über diesen letzten Vers sind Tausende von Büchern geschrieben worden. Bedeutet er: »Am Ende war der Hunger stärker als der Schmerz und ich aß sie auf«, oder: »Am Ende war der Hunger stärker als Schmerz und ich starb ebenfalls an Hunger«? Die zweite Annahme scheint plausibler zu sein. Aber offenbar wollte uns der Dichter hier bewusst im Ungewissen lassen.

Zum eigentlichen Thema der *Göttlichen Komödie* gelangt Dante im XXXIII. Gesang des *Paradieses*, dort, wo er uns erklären will, wie Gott beschaffen ist, wo er uns den Heiligen Geist, den Atem Gottes, beschreiben will.

Aber es gelingt ihm nicht und lässt ihm keine Ruhe.

»Ich schaffe es nicht, ihn zu beschreiben, ich weiß nicht, wer er ist, wie er aussieht, ich erinnere mich nur noch an wenig und an dieses Wenige habe ich keine Erinnerungen mehr.«

Was einem jedoch Kopf- und Bauchweh bereitet, ist

die Tatsache, dass Dante uns ganz genau beschreibt, wie Gott aussieht, und auch, was die Jungfrau Maria anhat, wie sie riecht. Er erzählt uns sogar, welche Farbe die Flügel des Erzengels Gabriel haben, in den Augen Christi sieht er unsere Augen, zum Beweis dafür, dass wir Gott sind. Er erklärt uns die Unveränderlichkeit des Schöpfers, während die Schöpfung in Bewegung ist. Gott wird mit allen Syntagmen, Paradoxa und Oxymora belegt, die sich nur finden lassen. Und am Ende beschreibt er ihn uns: ein grandioses Geschenk.

Dann ist da noch Maria. Welche andere Religion hat sich eine lebende, jungfräuliche Frauengestalt ausgedacht, der verkündet wird, dass aus ihrem Leib Gott geboren wird, und die später in den Himmel aufsteigt. Dante sieht sie, er spricht mit ihr, und niemand außer ihr hat je mit einem »Aug so hell« wie ihrem Gott geschaut. Es heißt, das *Paradies* sei schwerer verständlich als die *Hölle,* da es viele Dinge gibt, die für Dante Licht, für uns aber Dunkel sind. Aber letztlich ist auch das Dunkel ein göttliches Licht, weil sich nämlich alle Gegensätze berühren.

Wir befinden uns im Empyreum, ganz oben. Der vorangegangene Gesang, der XXXII., endet mit einem Doppelpunkt, um zu verdeutlichen, dass die beiden Gesänge eng miteinander verknüpft sind: »Und er begann dies heilige Gebet« Doppelpunkt, und dann beginnt der XXXIII. Gesang mit der Fürbitte des hl. Bernhard an die Jungfrau Maria.

Dante hat sich an Bernhard von Clairvaux gewandt wie an einen Anwalt: »Entschuldige, kannst du nicht Maria fragen, ob ich Gott für einen kurzen Augenblick sehen darf? Lass ihn mich nur eine Sekunde lang sehen! Ich will nicht aufdringlich wirken, aber wo ich schon mal hier bin!«

Der hl. Bernhard reagiert, als würde er zu Maria sagen:

»Sieh mal, da ist dieser Freund von mir, er ist müde, denn er hat eine lange Reise hinter sich … Aber das brauch ich dir ja nicht zu erzählen … Er würde Gott gerne für einen kurzen Augenblick sehen, nur eine Sekunde lang, mh? Um allen Menschen, die es brauchen, davon erzählen zu können. Er kann übrigens gut schreiben … Er wird seine Sache schon machen, du wirst sehen … Wenn du das für ihn tun würdest, Maria …«

Er müsste Maria sagen, wie schön sie ist, ihr Komplimente machen, ihr erklären, dass sie eine außergewöhnliche Person ist. Und tatsächlich legt der hl. Bernhard mit einer schwindelerregenden *Captatio benevolentiae* los:

»O Jungfrau Mutter, Tochter deines Sohnes,
demütigstes und höchstes aller Wesen,
vom ewgen Ratschluss schon als Ziel erkoren,

Du bist es, die die menschliche Natur
so edel schuf, dass selbst ihr Schöpfer einst
es nicht verschmähte, ihr Geschöpf zu sein.«

Wie soll jemand bei solchen Worten Nein sagen können? Tatsächlich richtet die Jungfrau Maria ihre Augen auf Gott, in dessen Anblick

..., man darf's wohl glauben, keins der Wesen
ein Aug so hell wie dieses je versenkt.

Das heißt, so wie Maria ihn, Gott, schaut, sind wir nicht fähig, ihn zu schauen. Er ist auch ihr Sohn, der in der Mitte, einer von den dreien ... Die Dreifaltigkeit ist der Atem Gottes, Gott selbst und als drittes dessen Sohn. Maria hat ihn geboren, sie war mit ihm schwanger, das hatte man ihr verkündet. Sie sieht ihn anders als wir es tun. Das Bild Gottes ist unbegreiflich, dahinter ist nichts und es ist gänzlich in Bewegung. Am Ende seiner Fürbitte, als er merkt, dass Maria einwilligen wird, schaut Bernhard zu Dante und lächelt, als wolle er sagen: »Wir haben's geschafft. Ich glaube, sie wird ihn dir zeigen.« So schreibt Dante:

Ein Zeichen gab mir Bernhard und er lächelt',
ich möchte aufwärts schaun, jedoch ich war
schon selber so, wie er es von mir wollte ...

Dante hat also schon vor dem hl. Bernhard verstanden.

»Ich darf ihn sehen!«

Gott sehen! Wir sind überwältigt von den wunderbaren Augenblicken, die folgen.

Wie's jenem geht, der träumend etwas sieht,
dem nach dem Traum wohl das Gefühl verbleibt,
jedoch das andre nicht zum Geist zurückkehrt ...

Als würden wir mit dem Gefühl erwachen, geträumt zu haben. Wir erinnern uns nicht mehr an die Bilder, aber an die Gefühle schon. Welch schöner Vergleich. So als würde Dante von jemandem träumen, der geträumt hat, Gott zu sehen. Man fühlt sich an Borges erinnert, der sagt, das Vergessen sei der tiefste Teil des Gedächtnisses. Die folgende Terzine ist geradezu beängstigend in ihrer Großartigkeit, denn Dante empfindet in seinem Herzen die Schönheit jenes Bildes, von dem er uns nur ein winziges bisschen erzählen kann, wobei er an dieses winzige bisschen keine Erinnerung hat.

So löst sich an der Sonne auf der Schnee,
so auch verschwand einst der Sibylle Spruch,
im Wind auf leichten Blättern fortgewirbelt.

Der Vergleich zwischen dem Schnee, der in der Sonne schmilzt, und der verblassten Erinnerung, verweist zusammen mit dem Vers »im Wind auf leichten Blättern fortgewirbelt« auf den dritten Gesang der *Äneis.* Wer will, soll nachschauen, wer nicht, der soll es lassen, die *Göttliche Komödie* bleibt so oder so schön. In der *Äneis* wird genau beschrieben, wie die Cumäische Sibylle ihre Sprüche auf Blätter schrieb, und als der Wind sie durcheinandergewirbelt hatte, niemand mehr ihre Prophezeiung verstehen konnte. Zwei Vergleiche – ein hochgebildeter und ein allgemeinverständlicher –, die äußerst verblüffend sind. Dann beschreibt Dante in jener rätselhaften Terzine das, woran er sich erinnert, als er Gott geschaut hat:

Ein einzger Punkt bracht' mehr des Staunens mir
als zweieinhalb Jahrtausend dem Neptun
seit jener Fahrt, da Argos ihn geschreckt.

Was sagt er da? Man versteht kein Wort. Man liest so darüber hinweg, bleibt an der Oberfläche, spürt den Rhythmus und nimmt die Verse wie sie sind: »Schön! Weiter geht's!«, denn ein Genuss ist es auch so.

Man muss schon unter die Oberfläche schauen, um zu erkennen, dass es eine Erklärung gibt. Das Ganze bedeutet, dass Neptun, als Jason mit der Argo losfuhr, um die Kolchis zu erobern, so um 1223 v. Chr. – wenn einer jetzt auf 1224 beharrt, meinetwegen, was soll's –, zum ersten Mal einen Schiffskiel sah. Er hatte nie zuvor einen gesehen, der Gott Neptun, und er war tief beeindruckt. Dante beruft sich also auf die Mythologie, um sein Staunen über etwas nie zuvor Gesehenes zum Ausdruck zu bringen. Auf diesen Zeitpunkt wird auch der Beginn der Menschheit datiert. Dante nimmt also weniger auf jenen Augenblick als vielmehr auf den Beginn der Menschheitsgeschichte Bezug. Dann endlich fängt er an, Gott zu beschreiben, und sagt, er habe drei Kreise gesehen:

Gleich Regenbogen schien der eine von dem andern gespiegelt …

Es gibt also drei Kreise, man stelle sich drei Kreise vor. Aber eben weil sie unvorstellbar sind, da Gott sie nicht sichtbar machen kann, muss man sie mit einem Sinn wahrnehmen, den wir noch nicht haben, den wir jedoch, wenn wir uns anstrengen, entwickeln können. Drei Kreise, drei Sphären. Drei gleiche, voneinander verschiedene Sphären, die sich übereinander und alle an demselben Punkt befinden:

Gleich Regenbogen schien der eine von dem andern
gespiegelt, und der dritte schien wie Feuer,
von beiden Seiten gleichermaßen sprühend.

Der Heilige Geist ist der Atem des Vaters und des Sohnes, aber er befindet sich an demselben Punkt wie Vater und Sohn. Und im Inneren sieht der Dichter »Wesenheiten, Eigenschaften, ihre Art« (Paradies XXXIII., 88), er sieht das gesamte Universum, das ewig, aber auch gleichzeitig mit Dante ist, und dort ist auch seine eigene Gestalt: Im zweiten Kreis der Dreifaltigkeit, dem von Christus, sieht Dante seine eigenen Augen, sich selbst: das Bild Gottes! Es raubt einem die Sinne. Dante kann es nicht in Worte fassen, er lässt nicht locker und quält sich ab, bis ihm Gott die unmittelbare Wahrnehmung dessen eingibt, was er vor Augen hat. Danach heißt es:

Dem hohen Flug des Schauens schwand die Kraft;
doch schon bewegte meinen Wunsch und Willen …

Wir dürfen nicht vergessen, dass der hl. Bernhard, als er Maria darum bittet, Dante Gott zu zeigen, noch hinzufügt: »Es überwinde deine Hut sein menschlich Teil.« Natürlich kann man nicht einfach Gott schauen und dann auf die Erde zurückkehren und erzählen:

»Ja, ich hab ihn gesehen … er sieht so und so aus … nun ja, also … ziemlich schön …«

Wenn man Gott schaut, ist man erst einmal einigermaßen durcheinander, deshalb bittet der hl. Bernhard Maria, dafür zu sorgen, dass Dante nicht den Verstand verliert und verblödet.

Dieser Gesang birgt die gesamte Marienkunde und Theologie in sich, die liturgischen Gesänge, den Aberglauben und auch den Weg der Menschheit. Er ist nicht nur in einem theologischen, sondern auch in einem körperlichen Sinne zu verstehen. Wir müssen Dante mit seinem Körper, mit seinen Augen, mit seiner ganzen Kraft und Energie sehen, während er dort vor Gott und der Jungfrau Maria steht. Und vor allem sollten wir es uns nicht nehmen lassen, alles zu glauben, was er erzählt.

Ich möchte nicht in abgedroschene Konventionen verfallen und über den Mythos der Schöpfung, über das »Wer-weiß-was-danach-kommt« sprechen. Aber dieser Gesang zeigt, dass Dante uns am Ende nicht vergessen hat. Er hat sich auf eine Reise begeben, hat für uns geträumt, und sein Traum wird all unsere Nächte, all unsere Träume überdauern.

Es ist kein Fehler zu glauben, dass alles, was wir erleben, ein Traum ist. Jemand hat ihn für uns geträumt und ich bin ihm dafür dankbar, solange ich lebe.

Die Gesänge

Inferno, I. Gesang

Wohl in der Mitte unsres Lebensweges
geriet ich tief in einen dunklen Wald,
so dass vom graden Pfade ich verirrte.

Oh, schwer wird's mir, zu sagen, wie er war,
der wilde Wald, so finster und so rau;
Angst fasst aufs Neue mich, wenn ich dran denke;

So schmerzlich, dass der Tod kaum bittrer ist.
Doch, um vom Guten, das ich fand, zu reden,
will ich von andrem, das ich sah, erzählen.

Wie ich hineinkam, sicher weiß ich's nicht,
so sehr war ich von Schlaf befangen dort,
als ich vom richt'gen Wege abgewichen.

Doch als ich dann zum Fuße eines Hügels
gelangte, wo das Tal zu Ende ging,
das mir mit Furcht das Herz erstarren machte,

Hob ich den Blick und sah des Berges Schultern
umflossen schon von Strahlen des Gestirnes,
das uns den graden Weg auf jedem Pfade weist.

Da wurde stiller um ein weniges die Furcht,
die in des Herzens See gewohnet hatte
die ganze Nacht, die ich in Qual verbracht.

Und jenem gleich, der mit erschöpftem Atem
vom Meer ans Ufer kaum zurückgelangt
nun blicket auf die unheilvollen Wasser,

So wandte sich mein Geist, noch fliehend fast,
erschauernd rückwärts, um den Weg zu messen,
der lebend keinen jemals noch entließ.

Als dann mein müder Leib sich ausgeruht,
macht' ich mich auf den Weg am öden Hang,
so dass der feste Fuß auch stets der untre war.

Und sieh da, fast am Fuße noch des Abhangs,
ein Luchs, behend und ruhelos sich regend,
und der von schwarzgeflecktem Fell bekleidet;

Und nimmer wollt' er weichen mir vorm Antlitz,
ja, er vertrat mir derart meinen Weg,
dass mehrmals ich zur Umkehr schon mich wandte.

Es war die Stunde am Beginn des Tages,
die Sonne stieg herauf mit jenen Sternen,
die mit ihr zogen, als die Liebe Gottes

Setzt' jedes Ding der Schöpfung in Bewegung,
so dass mit guter Hoffnung mich erfüllten
wegen des Tiers mit dem gefleckten Fell

Die frühe Stunde und der holde Lenz.
Doch nicht so sehr, dass Furcht mich nicht erfasste,
als sich mir eines Löwen Anblick bot,

Als wär' bereit er, auf mich loszustürzen
mit hocherhobnem Kopf und wütgem Hunger,
so dass die Luft davon zu beben schien,

Und eine Wölfin, die im magern Leib
beladen schien mit jeglicher Begier,
und die schon vielen Menschen Jammer schuf;

Und also stürzte mich in schwere Not
das Grauen, das aus ihrem Anblick strömte,
dass mir die Hoffnung auf den Gipfel schwand.

Und einem gleich, der gern zusammenrafft,
und dann die Zeit erreicht, da er verlieren muß,
so dass er weint und klagt in seinem Denken,

So machte mich das ruhelose Tier,
das auf mich zukam, setzend Schritt vor Schritt,
mich rückwärts drängend, wo die Sonne schweigt.

Wie ich unselig nun zur Tiefe sinke,
da offenbart sich meinen Augen einer,
der stumm geworden schien von langem Schweigen.

Als den ich in der großen Öde sah,
rief ich ihm zu: »Erbarm dich mein, wer immer
du bist, ob Schatten nur, ob wahrer Mensch.«

»Nicht Mensch«, gab er zurück, »Mensch war ich schon;
Lombarden waren meine Eltern beide,
und Mantua war ihre Vaterstadt.

Sub Julio bin ich geboren, spät schon,
und lebt' in Rom zur Zeit Augusts, des Guten,
zur Zeit der falschen, lügenhaften Götter.

Ein Dichter war ich, sang von dem gerechten
Sohn des Anchises, der von Troja kam,
nachdem das stolze Ilion verbrannt.

Doch du? Warum kommst du zu solchem Jammer?
Was steigst du nicht hinan den Berg der Wonne,
der Ursprung ist und Urgrund aller Freude?«

»So bist du denn Vergil und jener Bronnen,
aus dem so mächtig brach der Strom des Wortes?«,
sprach ich zu ihm mit schamgebeugter Stirn.

»O du, der andern Sänger Ehr und Leuchte,
es helfe mir der lange Fleiß, die große Liebe,
die suchend ich hab' auf dein Buch verwandt.

Du bist mein Meister und mein Vorbild du;
von dir allein nur hab' ich übernommen
die hohe Wortkunst, die mir Ehre brachte.

Du siehst das Tier, vor dem ich fliehen musste:
Errette mich von ihm, du großer Weiser;
es lässt mein Blut in allen Adern beben.«

»Auf einem andern Wege sollst du wandern«,
gab er zurück, als er mich weinen sah,
»wenn du entfliehn willst diesem grausen Ort:

Denn dieses Tier, das Schreie dir entlockt,
läßt keinen je des Wegs vorübergehen;
es widersetzt sich ihm, bis er getötet;

So ruchlos und verdorben ist sein Wesen,
dass niemals seine brünstge Gier sich sättigt,
und nach dem Fraß ist größer nur sein Hunger.

Viel andre Tiere gatten sich mit ihm,
und ihre Zahl wird wachsen, bis der Jagdhund
erscheint und ihm ein schmerzvoll End bereitet.

Der wird sich nicht von Land noch Schätzen nähren,
von Weisheit nur und Lieb und starkem Mut,
und zwischen Feltro und Feltro ist seine Heimat.

Italien; dem bedrängten, bringt er Heil,
für das Camilla einst als Jungfrau starb,
Eurialus', Turnus', Nisus' Blut einst floss.

Der wird das Tier aus jedem Ort verjagen,
bis er zur Hölle es zurückgetrieben,
von der der Neid es ehmals ausgesandt.

Drum denk' ich und erwäg' zu deinem Heil,
dass du mir folgst; ich will dein Führer sein,
geleiten dich von hier durch ewgen Raum,

Wo du verzweifelt Schreien hören wirst
und sehn der Vorzeit Geister Qualen leiden,
die alle jammern um den zweiten Tod;

Dann wirst du jene sehn, die freudig sind
im Feuer, weil sie hoffen, sich dereinst,
wann es auch sei, der selgen Schar zu einen.

Willst du zu dieser dann empor noch steigen,
so harrt dein eine Seele, würdiger als ich;
der werde ich dich scheidend überlassen;

Denn jener Mächtige, der dort oben herrscht,
und dess' Gesetze ich nicht anerkannte,
will nicht, dass man durch mich sein Reich betrete.

Allüberall gebeut er, und dort herrscht er,
Dort stehet seine Stadt, sein hoher Thron.
O glücklich, wen für das er auserkoren.«

Drauf ich zu ihm: »O Dichter, hör mich flehn,
bei jenem Gotte, den du nicht erkanntest,
damit ich dieser Not und Schlimmerem noch entrinne,

Führ hin mich zu dem Ort, von dem du sprachst,
auf dass ich seh' des heilgen Petrus Pforte
und jene, die so leiden, wie du sagst.«

Dann ging er, und ich folgt' ihm auf dem Fuß.

Inferno, II. Gesang

Es neigte sich der Tag; und Dämmerung
enthob die Lebewesen auf der Erde
all ihrer Mühen, und nur ich allein

Macht' mich bereit, das Ringen zu bestehen
des schweren Wegs, wie auch des Herzens Mitleid,
was künden wird mein Geist ohn alles Wanken.

O Musen, o du kühner Sinn, nun helft mir!
Erinnrung, die du schriebst, was ich geschaut,
hier wird sich weisen deines Wesens Adel.

Und ich begann: »O Dichter, du mein Führer,
sieh her auf meine Kraft, ob sie genüge,
bevor du mich dem steilen Weg vertraust.

Du sagst, dass der Erzeuger Silvius',
lebendgen Leibes noch, zum ewigen Reich
gegangen ist und war bei wachen Sinnen.

Drum, wenn der Widersacher alles Bösen
ihm gnädig war, der hohen Wirkung denkend,
die ihm entspringen sollt' und wer und welcher,

So scheint's nicht der Vernunft zu widersprechen,
dass für die hohe Roma und ihr Reich
im Himmelsthron zum Vater er erkoren.

Und beide, um die Wahrheit auszusprechen,
warn für die heilge Stätte vorbestimmt,
auf der der Erbe thront des großen Petrus.

Auf jener Fahrt, von der du rühmend singst,
da hört' er Dinge, die zum Sieg ihm halfen,
und die dereinst zum Papstesmantel führten.

Dorthin ging auch das auserwählt Gefäß,
um Stärkung für den Glauben uns zu bringen,
der uns zum Weg des Heils der Ausgang ist.

Doch steht die Reise *mir* zu? Wer erlaubt's mir?
Ich bin Aeneas nicht, noch bin ich Paulus,
nicht ich noch irgendwer hält dess' mich würdig.

Drum, wenn ich deiner Führung mich ergebe,
so fürcht' ich, tollkühn wird die Reise sein:
Du, Weiser, weißt's und besser als ich's sage.«

Wie einer, der nicht will, was erst er wollte,
und sich bedenkt und seinen Vorsatz ändert,
und sich zurückzieht von dem Unterfangen,

So war ich selbst an jenem dunklen Hang;
dran denkend, gab ich auf das Unternehmen
und war doch erst so rasch dazu entschlossen.

»Wenn deiner Worte Sinn ich recht verstand«,
antwortet' mir des Hochgesinnten Schatten,
»so ist von Kleinmut deine Seel befallen,

Der oftmals so des Menschen Sinn verwirrt,
dass er von edlem Unterfangen läßt,
so wie ein Tier vor einem Trugbild scheut.

Dass du von dieser Furcht jetzt dich befreiest,
merk auf, warum ich kam und was ich hörte,
als es zum erstenmal mich deiner jammert'.

Ich war bei denen, die im Zwischenreiche,
da rief mich eine Frau, so selig schön,
dass willig ich sie bat, mir zu befehlen.

Ihr Auge leuchtet' heller als ein Stern,
und schlicht und sanft hub sie zu sprechen an,
mit Engelsstimme und in ihrer Sprache:

›O edler hoher Geist aus Mantua
dess' Ruhm noch jetzt auf Erden weiterlebt,
und leben wird, solange sie besteht,

Er, der mein Freund ist, doch nicht der des Glücks,
wird dort am öden Hang so auf dem Weg
gehemmt, dass er aus Furcht zurück sich wendet.

Ich fürcht', er hab' sich schon so sehr verirrt,
dass ich zu spät aufstand, um ihm zu helfen,
nach dem, was ich im Himmel von ihm hörte.

So eile, und mit deiner Rede Kunst,
mit allem, was zu seiner Rettung nottut,
steh so ihm bei, dass ich getröstet sei.

Ich bin Beatrice, die dich gehen heißt,
ich komm' von dort, wohin's mich wieder zieht,
Liebe bewegte mich und lässt mich sprechen.

Wenn ich vor meinem Herren wieder stehe,
will oft vor ihm ich lobend dein gedenken.‹«
Dann schwieg sie still, und ich begann zu ihr:

»O hohe, edle Frau, dank dir allein
erhebt die Menschheit sich weit über alles
unter dem Himmel mit dem kleinsten Kreise.

So sehr willkommen ist der Auftrag mir,
dass ich nicht schnell genug ihm folgen kann,
mehr braucht es nicht, als deinen Wunsch zu nennen.

Doch sag, wie kam's, dass du dich nicht gescheut,
in diese Mitte hier herabzusteigen
vom weiten Ort, nach dem du hin dich sehnst?«

»Drängt's dich so sehr, den innern Grund zu kennen,
sag' ich in kurzen Worten dir«, so sprach sie,
»warum ich ohne Furcht hierher gekommen.

Nur jene Dinge braucht man doch zu fürchten,
die einem Böses anzutun vermögen,
die andern aber können uns nicht schrecken.

Ich bin durch Gottes Gnade so geschaffen,
daß Euer Elend nimmer mich berührt,
noch mich bedroht die Flamme dieses Feuers.

Im Himmel weilt die hohe Frau, die sich
erbarmt der Not, zu der ich jetzt dich sende,
so dass sie hartes Urteil droben bricht.

Die rief Lucia vor ihr Angesicht
und sprach: ›Sieh, dein getreuer Knecht bedarf
jetzt dein; er sei von mir dir anbefohlen.‹

Lucia, jeder Grausamkeit abhold,
bewegte sich alsbald zu mir herüber,
wo ich bei Rahel saß, der Sinnenden.

Und sprach: ›Beatrice, wahres Lob der Gottheit,
was hilfst du nicht dem, der so sehr dich liebte,
dass er um dich entfloh dem großen Haufen?

Hörst du den Jammer seiner Klage nicht?
Siehst du nicht, wie der Tod schon ihn bedrängt
dort bei dem Fluss, der wilder als das Meer?‹

Nie hatt' auf Erden es ein Mensch so eilig,
zu haschen, was ihm nützt, zu fliehn den Schaden,
wie ich, als solche Worte ich vernommen.

Von meinem selgen Sitz kam ich herab,
vertrauend deiner edelmütgen Rede,
die dich und jeden adelt, der sie hörte.«

Und als sie so zu mir gesprochen hatte,
hob sie ihr leuchtend Auge, nass von Tränen,
dass ich noch rascher mich zum Gehen wandte.

»So kam ich her zu dir, wie sie es wollte,
ich führt' dich weg von jenem wilden Tier,
das dir zum schönen Berg den Aufstieg wehrte.

Was soll's denn? Sag, warum, warum nur säumest du?
Warum nährst du im Herzen solchen Kleinmut?
Was bist du nicht von Mut und Kraft entbrannt?

Wenn drei gebenedeite, selge Frauen
um dich sich sorgen vor dem Thron des Himmels,
und dir mein Wort so reiches Heil verspricht?«

Wie Blümlein, die, vom nächtigen Frost geschlossen
und hingebeugt, wenn sie die Sonne trifft,
weit offen sich auf ihrem Stengel heben,

So hob auch ich mich von dem müden Zagen,
und so viel edler Mut strömt mir zum Herzen,
dass ich begann, wie ein befreiter Mensch:

»Oh, wie barmherzig ist, die mir geholfen,
und du, wie gütig, der so rasch gehorchtest
den wahren Worten, die sie dir gebracht!

Du hast Verlangen mir geweckt im Herzen,
so stark zum Kommen mit den Worten dein,
dass ich gefestigt meinen ersten Vorsatz.

Brich auf, wir haben beide *einen* Willen:
Du sei mein Führer, du mein Herr, mein Meister!«
So sagt' ich, und als er zum Gehn sich wandte,

Betrat auch ich den steilen, rauen Weg.

Inferno, III. Gesang

Durch mich geht man zur Stadt der Schmerzen ein;
durch mich geht man hinein zur ewgen Qual;
durch mich geht man zu den Verlorenen.

Gerechtigkeit bewegte meinen Schöpfer;
erschaffen hat mich Gottes ewge Allmacht,
die höchste Weisheit und die erste Liebe.

Denn vor mir ward kein einzig Ding erschaffen
als Ewiges, und ewig werd' ich dauern;
ihr, die ihr herkommt, lasset alle Hoffnung.

Die Worte sah in dunkler Farbe ich
geschrieben über einer Pforte Bogen.
Da sprach ich: »Meister, schwer trifft mich ihr Sinn.«

Drauf er, wie einer, dem Erkenntnis ward:
»Hier heißt es abtun jede Bangigkeit,
und jedes niedre Zagen muss hier sterben.

Wir sind am Ort, von dem ich dir verheißen,
wo die Gepeinigten du sehen werdest,
denen verloren ging die Wohltat des Erkennens.«

Und als er seine Hand auf meine legte
mit heiterm Antlitz, so dass Mut ich fasste,
führt' er mich ein zu den geheimen Dingen.

Dort klangen Seufzer, Klagen, laute Schreie
hin durch die Luft, die kein Gestirn erhellt,
so dass zuerst mich Weinen überkam.

Verschiedne Zungen, grauenvolle Reden,
von Schmerz erfüllte Worte, Zornesrufe
und Stimmen, laut und rau, mit Händeschlagen,

Die machten ein Getümmel, einen Wirbel
aufs Neue stets in zeitlos düstrer Luft,
so wie der Sand, wenn heftger Sturmwind braust.

Und ich, dess' Haupt von Schrecken war umfangen,
sprach: »Meister, sag, was ist's, das ich vernehme,
und wer sind die, die so vom Schmerz bewältigt?«

Drauf er zu mir: »Dies unglückselge Leben,
es ward zuteil den traurgen Seelen derer,
die lebten ohne Schmach und ohne Lob.

Sie sind gesellt dem üblen Heer der Engel,
die nicht abtrünnig waren und doch auch
die Treue Gott nicht wahrten, sondern für sich blieben.

Der Himmel stößt sie weg, um schön zu bleiben,
und auch die tiefe Hölle will sie nicht,
denn Ruhm gewännen nicht die Schuldigen an ihnen.«

Und ich: »Was, Meister, tragen sie so schwer,
dass sie so laute Klagen von sich geben?«
Und er erwidert: »Kurz will ich's dir sagen:

Die haben keine Todeshoffnung mehr;
und also niedrig ist ihr dunkles Leben,
dass jedes andre Schicksal sie beneiden.

Die Welt behält Erinnrung nicht an sie;
Gerechtigkeit verschmäht sie und Erbarmen:
Reden wir nicht von ihnen, schau und geh vorüber!«

Und wie ich blickte, sah ich eine Fahne,
die kreisend also rasch vorübereilte,
dass es mir schien, sie könne niemals ruhn.

Und hinterher kam ein so langer Zug
von Leuten, dass ich nie hätt' glauben können,
dass je der Tod so viele hätt' zerstört.

Nachdem ich schon erkannt den einen oder andern,
sah hin ich und gewahrt' den Schatten jenes,
der aus Erbärmlichkeit einst Großes ausschlug.

Alsbald verstand ich und war dess' gewiss,
dass dies die Schar war jener Jammervollen,
die Gott missfallen und auch seinen Feinden.

Diese Unselgen, die lebend nie gewesen,
sie waren nackt, und heftig wurden sie gestochen
von giftgen Fliegen und von Wespen, die dort waren.

Die furchten ihnen das Gesicht mit Blut,
und dieses ward, vermischt mit Tränen, aufgesogen
von ekligem Gewürm zu ihren Füßen.

Und drauf, als ich zum Schaun mich weiterwandte,
sah Leute ich am Ufer eines Flusses.
Ich sagt': »Gewähre, Meister, mir, zu wissen,

Wer jene sind und welches das Gesetz,
das so sie eilen lässt zur Überfahrt,
wie ich erkenne in dem schwachen Licht.«

Und er zu mir: »Gekündet soll's dir werden,
wenn wir anhalten werden unsre Schritte
am traurigen Gestad des Acheron.«

Da senkte ich beschämt die Augen nieder,
und fürchtend, dass mein Sprechen ihm missfiele,
enthielt ich mich der Rede bis zum Fluss.

Da näherte sich uns in einem Kahne
ein Greis, von urzeitaltem Haare weiß,
der rief: »Weh euch, verachtungswürdge Seelen!

Hegt keine Hoffnung, je zu sehn den Himmel.
Ich komm', ans andre Ufer euch zu führen,
in ewge Nacht, in Hitze und in Kälte.

Und du dort drüben, du lebendge Seele,
hebe dich weg von diesen, die schon tot sind!«
Doch als er sah, dass ich nicht weichen wollte,

Sprach er: »Auf andrem Weg, durch andre Häfen,
nicht hier, kommst du zur Überfahrt ans Ufer,
dich muss ein leichtrer Kahn hinübertragen.«

Der Führer rief: »Charon, lass dich's nicht grämen,
man will es so an jenem Ort, wo man
das, was man will, auch kann, mehr frage nicht!«

Nun schwiegen stille die behaarten Wangen
des Fährmanns auf dem dunkeltrüben Teich,
der Flammenräder um die Augen hatte.

Doch jene Seelen, die da nackt und müde,
sie wechselten die Farb und ihre Zähne klappten,
als kaum vernommen sie die harten Worte.

Sie fluchten Gott und fluchten ihren Ahnen,
dem menschlichen Geschlecht, dem Ort, der Zeit,
dem Samen ihres Samens und der Väter.

Dann zogen alle weiter, heftig weinend,
zusammen hin zum unglückselgen Ufer,
das jedes Menschen harrt, der Gott nicht fürchtet.

Charon, der Dämon mit den Feueraugen,
winkt sie herbei; er nimmt sie alle auf;
mit seinem Ruder schlägt er den, der zögert.

So, wie zur Herbsteszeit die Blätter fallen,
eines ums andre, bis der dürre Ast
der Erde wiedergab sein ganzes Laub,

So tat auch hier der schlechte Same Adams;
sie warfen einer nach dem andern sich
vom Ufer, wie der Vogel folgt dem Lockruf.

So ziehn sie durch die braunen Wogen fort,
und eh sie drüben wieder ausgestiegen,
hat hier sich eine neue Schar versammelt.

»Mein Sohn«, sprach freundlich da zu mir der Meister,
»sie, die gestorben sind in Gottes Zorn,
sie kommen hier von jedem Land zusammen;

Den Fluss zu überqueren eilen sie,
es spornt sie göttliche Gerechtigkeit,
so dass die Furcht sich wandelt in Verlangen.

Nie setzt hier über eine gute Seele;
wenn also Charon deinetwegen klagt,
magst du ersehn, was diese Klag bedeutet.«

Kaum hatt' er dies gesprochen, als das düstre Feld
erbebte so gewaltig, dass der Schrecken
in der Erinnrung noch in Schweiß mich badet.

Im tränenreichen Land hob sich ein Wind,
und dieser ließ ein rotes Licht aufleuchten,
das aller meiner Sinne mich beraubte,

Und ich sank hin wie der, den Schlaf befällt.

Inferno, IV. Gesang

Da brach den tiefen Schlaf im Haupte mir
ein dumpfer Donner – jäh fuhr ich empor
wie einer, der gewaltsam aufgeweckt.

Das ausgeruhte Auge ließ ich schweifen,
hoch aufgerichtet blickt' ich scharf umher,
um zu erspähn, an welchem Ort ich stände.

Wahr ist's, dass ich am Rande mich befand
des Tals zum schmerzenvollen Abgrund,
der widerhallt von grenzenlosen Klagen.

Tief war es, dunkel und verhüllt von Nebel,
mocht' ich auch fest den Blick zur Tiefe senden,
konnt' ich doch klar kein Ding für sich erkennen.

»So gehn wir denn hinab ins finstre Reich«,
begann der Dichter und war blass geworden,
»ich geh' voran, du folgst als zweiter nach.«

Und ich, der ich die Farbe wohl bemerkt,
ich sprach: »Wie soll ich gehn, wenn's dir schon bangt,
der Stütze du mir warst in meinem Zagen?«

Und er zu mir: »Die Qualen all der Leute
da drunten malen mir ins Angesicht
das Mitleid, das für Furcht du halten magst.

Gehn wir, der lange Weg drängt uns zur Eile.«
So brach er auf und führte mich hinein
zum ersten Rund, das um den Abgrund kreist.

Dort war, so viel das Ohr vernehmen konnte,
kein lautes Weinen, aber Seufzerklagen,
von denen rings die ewge Luft erbebte.

Dies kam von Leiden ohne Schmerzensqual,
die jene ungezählte Schar erduldet,
von Kindern und von Frauen und von Männern.

Der gute Meister sprach: »Du fragst mich nicht,
was das für Geister seien, die du siehst,
doch sollst du's wissen, eh du weitergehst.

Denn sie sind sündelos, doch ihr Verdienst
genügt nicht, denn sie blieben ohne Taufe,
die doch das Tor zu deinem Glauben ist.

Und wenn sie vor dem Christentum schon lebten,
so haben Gott sie würdig nicht verehrt,
und einer unter diesen bin ich selbst.

Durch solchen Mangel, nicht durch eigne Schuld
sind wir verlorn, dies unser einzges Leid,
dass ohne Hoffnung wir in Sehnsucht leben.«

Mir blutete das Herz, als ich's vernahm,
denn manche Menschen, die von hohem Wert,
erkannt' ich, die in diesem Vorhof weilten.

»Sag mir, mein Meister, sage mir, o Herr«,
begann ich, um Gewissheit zu erlangen,
im Glauben, der besieget jeden Irrtum,

»Verließ durch eignes oder andrer Werk
je einer diesen Ort und wurde selig?«
Und die verdeckte Frage wohl erkennend,

Sprach er: »Ich war noch neu in diesem Reich,
als einen Mächtigen ich nahen sah,
der war gekrönt mit seines Sieges Zeichen.

Er nahm von hier des ersten Vaters Schatten
und Abels, seines Sohns, und den von Noah
und Moses', des getreun Gesetzesbringers,

Den Patriarchen Abram, König David,
Israel, seinen Vater, seine Kinder
und Rahel, um die er so viel getan,

Und viele andere noch, und macht' sie selig.
Und wissen sollst du, niemals noch vor diesen
sind Menschenseelen je gerettet worden.«

Wir hemmten nicht den Schritt, solang er sprach,
und gingen immer weiter durch den Wald,
den Wald, sag' ich, von dichtgedrängten Geistern.

Wir waren noch nicht weit herabgestiegen,
als ich ein Feuer sah vom höchsten Rand,
das eine lichte Wölbung hellt' im Dunkeln.

Noch eine Strecke waren wir entfernt,
doch nicht so weit, dass ich nicht unterschied,
was für ehrwürdges Volk der Ort umschließt.

»O du, der Künst' und Wissenschaften Leuchte,
wer sind sie, die so hohe Würde ziert,
dass sie sich scheiden von den andern allen?«

Und er zu mir: »Ihr ehrenvoller Name,
der dort in deiner Welt so laut erklingt,
erlangt' des Himmels Gnad und diese Gunst«,

Inzwischen hört' ich eine Stimme sagen:
»Erweiset Ehre ihm, dem hohen Dichter!
Sein Schatten kehrt zurück, der uns entschwunden.«

Und als die Stimme innehielt und schwieg,
sah ich vier große Schatten sich uns nähern,
sie schienen traurig nicht, und auch nicht froh.

Da hub der gute Meister an und sprach:
»Sieh jenen, der das Schwert in Händen trägt,
er geht den drein voran wie ein Gebieter.

Der ist Homer, der hohe Dichterfürst,
der andre der Satiriker Horaz,
der dritte ist Ovid, Lukan der letzte.

Da aber jedem, so wie mir, der Name
zusteht, den jene eine Stimme rief,
erweisen sie mir Ehr, und so ist's gut.«

So sah ich hier vereint die edle Schule
um jenen Herrn des höchsten Heldensangs,
der über allen wie ein Adler schwebt.

Als sie ein Weilchen unter sich gesprochen,
wandten sie sich mir zu und nickten grüßend,
und lächelnd freute sich darob mein Meister.

Und mehr noch taten sie mir an der Ehre,
dass sie zu einem mich der Ihren zählten,
als sechstem in dem Kreis so weiser Männer.

So gingen wir bis zu dem Lichtschein hin
und sprachen Dinge, über die zu schweigen
so schön ist, wie es dort war, sie zu sagen.

Da kamen wir zu einem stolzen Schloss,
von hohen Mauern siebenmal umkreist,
um das ein lieblich Bächlein schützend floss.

Wir schritten drüber, als wär's feste Erde,
durch sieben Tore trat ich mit den Weisen,
dann kamen wir auf frisches grünes Wiesland.

Und Leute waren da, mit Augen ernst und still,
Ehrfurcht gebietend waren ihre Mienen,
sie sprachen wenig nur, mit ernsten Stimmen.

Wir zogen uns zurück nach einer Seite,
an einen freien Ort, der hell und offen,
so dass wir alle überblicken konnten.

So wurden auf dem grünen Schmelz der Wiese
mir all die großen Geister da gezeigt,
und Seligkeit ist's mir, dass ich sie sah.

Ich sah Elektra in der Schar der Ihren,
darunter kannt' ich Hektor und Aeneas,
Cäsar in Waffen mit den Adleraugen.

Camilla sah ich und Pentesilea
zur andern Seit', und der Latiner König,
der bei Lavinia, seiner Tochter, saß.

Sah jenen Brutus, der Tarquinius schlug,
Lukrezia, Julia, Marzia und Cornelia,
und abseits, einsam, sah ich Saladin.

Als ich ein wenig mehr die Lider aufschlug,
sah ich den Meister jener, die da wissen,
im Kreis der edlen Philosophen sitzen.

Es schauen alle auf zu ihm, verehren ihn.
Da sah ich auch noch Sokrates und Plato,
die vor den andern, näher bei ihm stehen.

Und Demokrit, dem Zufall schuf die Welt,
Diogenes, Anaxagoras und Thales,
Empedokles und Heraklit und Zeno,

Und sah den Kenner aller Eigenschaften,
Dioskorides mein' ich, und sah Orpheus,
Tullius, Linus, Seneca, den Stoiker.

Euklid, den Geometer, Ptolemäus,
Hippokrates, Avicenna, Galienus,
Averroës, den großen Kommentator.

Nicht alle kann ich hier erschöpfend schildern,
der große Gegenstand treibt mich zur Eile,
dass oft die Worte nicht dem Stoff genügen.

Aus sechsen sind nun wieder zwei geworden,
auf anderm Weg führt mich der weise Lenker
aus dieser Ruh in die durchbebte Luft,

Und dorthin komm' ich, wo kein Leuchten ist.

Inferno, V. Gesang

So stieg ich nieder aus dem ersten Kreis
zum zweiten, der geringern Raum umfasst,
doch umso größre Qual, voll Schmerzensschreien.

Minos steht dort, mit grausem Zähnefletschen;
beim Eingang prüft er alle die Vergehen,
urteilt und schickt, je wie er sich umschlingt.

Ich sage, wenn die schlecht geborne Seele
vor ihm steht, öffnet sie sich ganz und gar,
und dieser, der die Sünden all erkennt,

Sieht, welcher Raum der Hölle ihr gebührt:
Mit seinem Schwanz umwindet er sich da
so oft, als Stufen er hinab sie senden will.

Gar viele stehen immerzu vor ihm,
ein um die andre gehn sie zum Gericht;
sie sagen, hören, wirbeln in die Tiefe.

»O du, der kommt zum schmerzlichen Asil«,
sagte Minos zu mir, als er mich sah,
und hielt in seinem schweren Amte inne;

»Hab acht, wie du hineinkommst, wem du traust,
lass dich nicht täuschen durch des Eingangs Weite.«
Mein Führer rief ihm zu: »Was schreist du denn?

Halt ihn nicht auf, sein Weg ist ihm bestimmt;
man will es so an jenem Ort, wo man das,
was man will, auch kann, mehr frage nicht!«

Nunmehr beginnen schon die Schmerzenslaute
zu meinem Ohr zu dringen, nun bin ich gekommen
dorthin, wo großes Weinen mich erreichet.

Ich kam an einen Ort, der jeden Lichtes bar,
der heult, so wie das Meer es tut im Sturm,
wenn es von Gegenwinden aufgepeitscht.

Der höllische Wirbelsturm, der niemals ruht,
er reißt die Geister mit in seinem Brausen,
und Qual ist's, wenn er sie herumjagt und durchrüttelt.

Wenn vor dem Felssturz sie vorüberkommen,
ertönet Wehgeschrei, Aufweinen, lautes Jammern;
dort lästern sie und fluchen Gottes Allmacht.

Da ward mir klar, dass zu derartger Qual
verdammet waren, die im Fleisch gesündigt,
und die Vernunft den Wünschen unterjocht.

Gleich Staren, die auf ihren Flügeln schweben
zur kalten Zeit, in breiter, voller Schar,
so trug auch dieser Wind die sündgen Geister,

Hierhin und dorthin, auf- und niederwärts;
es kann sie keine Hoffnung jemals trösten,
auf ein geringres Leiden, keine gar auf Ruhe.

Und wie die Kraniche ihre Klagen singen,
in langen Reihen durch die Luft hinziehend,
so sah ich kommen, Jammertöne schleppend,

Menschliche Schatten, die vom Sturm getragen.
Drum sprach ich: »Meister, wer sind jene,
die also peinigt dieser dunkle Wind?«

»Die Erste aus der Schar, von der du Kunde
vernehmen willst«, sprach jener da zu mir,
»war über viele Sprachen Kaiserin.

So sehr war sie der Wollust hingegeben,
dass Lust sie im Gesetz zum Recht erhob,
um so die Schmach, in die sie sank, zu decken.

Sie ist Semiramis, von der zu lesen,
dass sie auf Ninus folgt', ihm Gattin war,
im Lande, wo der Sultan jetzt regiert.

Die andre nahm aus Liebe sich das Leben,
da sie Sichaeus' Asche untreu ward;
dann folgt Kleopatra, die Liebestolle,

Und Helena, um die so lange Zeit
geopfert ward; und auch Achill, der Große,
der noch zuletzt mit Amor kämpfen musste.«

Paris und Tristan, über tausend Schatten
zeigt' er mir, auf sie weisend mit dem Finger,
die um der Liebe willen aus dem Leben schieden.

Als ich so meinen Führer nennen hörte
die Fraun der Alten Welt und all die Ritter,
ward von gewaltgem Mitleid ich erschüttert.

»Meister«, begann ich da, »gern möcht' ich sprechen
zu diesen beiden, die gemeinsam ziehn
und gar so leicht vom Wind getragen scheinen.«

Und er: »Du wirst sie sehen, wenn sie näher
bei uns sein werden; dann magst du sie bitten
bei jener Liebe, die sie führt; sie werden kommen.«

Sobald der Wind sie nun zu uns herbrachte,
hob ich die Stimme: »Ihr, betrübte Seelen,
kommt her und sprecht zu uns, wenn's nicht ein
andrer wehrt.«

Gleich Tauben, die vom Wunsch herbeigerufen,
die Flügel ausgebreitet, durch die Luft
zum trauten Nest heimkehren, voll Verlangen,

So lösten jene sich aus Didos Schar
und kamen durch die höllische Luft zu uns,
so mächtig war der liebevolle Ruf.

»O gnadenreiches Wesen, gütiges,
das du besuchest in der dunklen Luft
uns, die die Erde wir mit Blut gefärbt;

Wär' gnädig uns der Herr der Welt geneigt,
so beteten wir wohl für deinen Frieden,
da du dich unseres bittern Leids erbarmst.

Von dem, was ihr zu hören wünscht und reden,
hören wir gern und wollen mit euch sprechen,
solang wie grade jetzt der Sturmwind schweigt.

Es liegt der Ort, wo ich geboren ward,
am Meeresufer, wo der Po ausmündet,
um Ruh zu finden dort mit dem Gefolge.

Liebe, die rasch im edlen Herzen zündet,
erfasste diesen zu der schönen Hülle,
die mir entrissen ward, so dass ich noch dran leide.

Liebe, die zum Lieben den Geliebten zwingt,
erfasste mich zu diesem hier so mächtig,
dass, wie du siehst, sie mich noch nicht verlässt.

Und Liebe führte uns zu einem Tod,
Caina wartet dess', der uns erschlug.«
Die Worte kamen uns von ihnen zu.

Als ich gehört den Jammer ihrer Seelen,
da beugte ich das Haupt, hielt es gesenkt,
bis mich der Meister fragt': »Was sinnest du?«

Als ich ihm Antwort gab, begann ich: »Ach!
Wie mancher liebende Gedanke, welches Sehnen
hat sie geführt zum unglückselgen Schritt.«

Dann wandt' ich ihnen wiederum mich zu,
beginnend: »O Francesca, deine Leiden
lassen aus Mitleid mich und Schmerzen weinen.

Doch sage mir: Zur Zeit der zarten Seufzer,
woran und wie ließ denn die Liebe zu,
daß zur Gewissheit ward das zweifelnde Verlangen?«

Und sie zu mir: »Es gibt nicht größern Schmerz,
als sich der Zeit des Glückes zu erinnern
im Unglück, und das weiß er, der dich führt.

Doch wenn den ersten Ursprung unsrer Liebe
es dich zu kennen gar so sehr verlangt,
so tu' ich's jenem gleich, der weint und spricht.

Wir lasen eines Tags zu unsrer Lust
von Lancelot, wie Liebe ihn bestrickte,
wir waren ganz allein, ohn jede Ahnung.

Mehrmals beim Lesen mussten wir die Augen
erheben, es entfärbt' sich unser Antlitz;
doch eine Stelle war's, der wir erlagen.

Die war es, wo der heißbegehrte Mund
von solchem Liebenden geküsset wurde,
da küsste dieser hier, der nie von mir

Getrennt sein wird, erbebend mir den Mund,
Galeotto war das Buch und der es schrieb.
An jenem Tage lasen wir nicht weiter.«

Während der eine Schatten dieses sagte,
weinte der andre so, dass mir vor Mitleid
die Sinne schwanden, so, wie wenn ich stürbe,

Und ich sank hin, gleich wie ein Toter hinsinkt.

Inferno, VI. Gesang

Beim Wiederkehren meiner Sinne, deren
das Mitleid mit den beiden mich beraubt,
das mich vor Traurigkeit so ganz verwirret,

Erblick' ich neue Qualen, sehe neue
Gequälte rings, wie ich mich auch bewege,
und wie ich mich auch wende, wie ich schaue.

Ich bin im dritten Kreise, dem des Regens,
des ewigen, verfluchten, kalten, schweren;
nie ändert seine Art noch Stärke sich.

Grobschlossger Hagel, Schnee und trübes Wasser
ergießet sich durch dämmrig-dunkle Luft,
die Erde stinkt, die das empfangen muss.

Das grausam wilde Untier Cerberus
heult aus drei Rachenschlünden wie ein Hund,
über die Leute hin, die hier versinken.

Rot sind die Augen, schmutzigschwarz der Bart,
mächtig sein Wanst und scharf bekrallt die Tatzen,
er kratzt, zerfleischt die Geister, vierteilt sie.

Wie Hunde heulen sie in diesem Regen,
mit einer Flanke schirmen sie die andre,
und wenden oft sich um, die Jammervollen.

Als Cerberus uns sah, der große Wurm,
riss er die Mäuler auf und fletscht' die Hauer;
kein einzges Glied an ihm, das nicht erzittert'.

Mein Führer spannte seine Hände aus,
nahm Erde auf, und aus den vollen Fäusten
warf er sie hin in die gefräßgen Schlünde.

Gleich einem Hund, der bellt vor giergem Hunger
und still wird, wenn er in das Futter beißt,
denn nur dies zu verschlingen strebt und würgt er,

So wurden still auch die unflätgen Fratzen
des Untiers Cerberus, der so die Seelen
erschüttert, dass sie wünschten taub zu sein.

Wir schritten über Schatten, die der Regen,
der schwere, niederdrückt – mit Füßen traten
wir auf ihr eitles Nichts, das Körper scheint.

Am Boden lagen alle hingekrümmt,
nur einer raffte sich zum Sitzen auf,
sobald er sah, dass wir vorübergingen.

»O du, den man durch diese Hölle führt«,
sprach er, »erkenne mich, wenn du's vermagst,
du wardst geschaffen, ehe ich zerfiel.«

Und ich zu ihm: »Die Qual, die du erduldest,
entrückt vielleicht dich meinem Sinn, so dass
ich mein', ich hätte nimmer dich gesehen.

Doch sag mir, wer du bist, dass solcher Ort
der Schmerzen dir bestimmt und solche Strafe,
dass – gibt's auch größre, keine wohl so widrig.«

Und er drauf: »Deine Stadt, die so voll Neid,
dass schon zum Überlaufen voll der Sack,
umschloss mich in der heitern Lebenszeit.

Ihr Bürger habt mich Ciacco nur genannt; –
wegen der Gaumensünde, der verderblichen,
siehst du mich hier vom Regen ganz zermürbt.

Und bin hier nicht die einzge arme Seele,
sie alle hier, sie dulden gleiche Strafe
für gleiche Schuld« – und mehr sprach er kein Wort.

Und ich darauf: »O Ciacco, deine Qual
bedrückt mich so, dass ich drob weinen möchte.
Doch sag mir, wenn du's weißt, wohin gelangen

Die Bürger noch der Stadt, der vielgespaltnen?
Ob einer noch gerecht? Und sage mir den Grund,
warum so große Zwietracht sie befallen?«

Und er zu mir: »Nach langem Zank und Streit
kommt es zum Blut, und die Partei vom Lande
vertreibt die andre nach gewaltgem Kampf.

Dann aber wird's geschehn, dass diese fällt
nach Ablauf dreier Sonnen und die andre
emporsteigt durch die Kraft des Ränkeschmiedens.

Lang wird sie hoch die stolzen Stirnen tragen,
die andre unter schwerem Drucke haltend,
wie sie auch drüber klagt und sich ergrimmt.

Zwei sind gerecht, doch niemand hört auf sie.
Hochmut und giftger Neid und Geiz
sind die drei Funken, die die Herzen zünden.«

Hier endet er die tränenreiche Klage.
Und ich zu ihm: »Noch mehr sollst du mich lehren,
und schenken mir noch weiter deine Worte. –

Farinata und Tegghiaio, die so würdig,
Jacopo Rusticucci, Mosca und Arrigo,
die ihren Sinn auf Gutes nur gerichtet,

Sag mir, wo sind sie? Hilf mir, sie erkennen,
denn heftger Wunsch treibt mich, zu wissen, ob
der Himmel sie umfängt, die Hölle quält?«

Und er: »Sie sind bei schwärzern Seelen noch,
verschiedne Schuld hält sie im tiefen Grund,
wenn du so weit hinabsteigst, siehst du sie.

Doch weilst du wieder auf der holden Erde,
so bitt' ich, sorg', dass mein man dort gedenkt.
Mehr sag' ich nicht, noch geb' ich weitre Antwort.«

Dann wurden seine graden Augen scheel:
Ein kurzer Blick nach mir – er senkt' sein Haupt
und sank zum Boden, gleich den andern Blinden.

Der Führer sprach: »Nie mehr erhebt er sich,
bis nicht ertönt die himmlische Posaune:
Wenn niedersteigt die feindliche Gewalt,

Wird jeder finden sein unselges Grab,
sein Fleisch zurückerhalten, seinen Leib,
und hören, was in Ewigkeit erdröhnt.«

So schritten durch das schmutzige Gemisch
von Schatten wir und Regen zagen Schrittes
und sprachen einiges vom künftgen Leben.

Drum sagt' ich: »Meister, werden diese Qualen
noch wachsen nach dem großen Urteilsspruch,
oder geringer sein, oder dieselben?«

Und er zu mir: »Gedenke deines Wissens,
das lehrt, dass je vollkommner etwas ist,
es umso mehr die Lust spürt und den Schmerz.

Wenn dies verdammte Volk auch nimmermehr
wahre Vollkommenheit erlangen wird,
erwartet's doch ein stärkres Sein als hier.«

Wir gingen weiter auf dem Weg im Rund,
gar vieles redend, was ich jetzt verschweige;
dann kamen wir zum Ort, wo es hinabgeht;

Dort fanden Pluto wir, den großen Feind.

Inferno, VII. Gesang

»Papé Satan, Papé Satan, aleppe«,
schrie Pluto da mit seiner rauen Stimme:
Und jener edle Weise, allverstehend,

Sagte zum Trost mir: »Lass dich nicht besiegen
von deiner Furcht – wie groß auch seine Macht,
er kann den Felsenabstieg dir nicht wehren.«

Dann wandt' er sich zu der geschwollnen Schnauze
und sprach: »Schweig still doch, du verfluchter Wolf!
Verbrenne in dir selbst an deiner Wut!

Wir steigen ohne Grund nicht in die Tiefe,
man will's dort oben so, wo Michael
bestrafte die hochmütge Auflehnung.«

Wie die vom Wind geschwellten Segel plötzlich
zusammenfallen, wenn der Mastbaum bricht,
so fiel das grause Untier hin zur Erde.

Da stiegen wir hinab zur vierten Mulde
und folgten weiterhin dem Schmerzenshang,
der alle Schuld der Welt in sich beschließt.

O göttliche Gerechtigkeit, wer häufte
solch neue Mühn und Pein, wie ich sie sah?
Warum zerstört so sehr uns unsre Schuld?

Wie sich die Welle bricht bei der Charybdis,
wenn mit der andern sie zusammenprallt,
so müssen hier die Leut im Kreise wirbeln.

Ich sah hier Leute, mehr an Zahl wie sonst,
von einer Seite her, und von der andern
laut brüllend Lasten wälzen mit der Brust.

Sie stießen aufeinander, und sogleich
wandt' jeder sich da um, und rückwärts stoßend,
schrie er: »Was hältst du's fest? Was schwendest du?«

So liefen durch den dunklen Kreis zurück sie,
auf jeder Seit zum Gegenpol hinüber,
und riefen sich ihr schändlich Spottlied zu.

Sobald er dort war, kehrt' sich jeder wieder
in seinem Halbkreis um, zu neuem Streite.
Und ich, dem sich das Herz zusammenschnürte,

Ich sprach: »O Meister, tu mir kund, was sind
dies hier für Leute? Warn sie alle Pfaffen?
Diese Geschornen hier zu unsrer Linken?«

Und er zu mir: »Verblendeten Gemüts
warn alle sie in ihrem frühern Leben,
dass sie kein richtig Maß im Aufwand fanden.

Gar deutlich tönt's aus ihrer Stimme Bellen,
wenn an zwei Punkte sie des Kreises kommen,
wo sie der Gegensatz im Laster trennt.

Die waren Pfaffen, denen nicht bedeckt
mit Haar das Haupt, und Päpst und Kardinäle,
in denen Habsucht übermäßig herrschte.«

Und ich drauf: »Meister, unter diesen hier
sollt' ein'ge wohl ich wieder kennen,
die sich mit solchem Übel einst befleckten.«

Und er zu mir: »Du hegst ein eitles Meinen.
Das stumpfe Leben, das sie einst beschmutzte,
verdunkelt sie für jegliches Erkennen.

So werden ewig sie zusammenstoßen;
die einen auferstehn vom Grab, die Faust
noch fest geschlossen – kahlgerupft die andern.

Schlecht Geben, schlecht Behalten raubte ihnen
die schöne Welt, bannt' sie in solchen Hader,
den ich zu schildern keine Worte suche.

Nun kannst du sehn, mein Sohn, wie kurz der
Windhauch
der Güter, die Fortuna anvertraut,
um die das menschliche Geschlecht sich rauft.

Denn alles Gold, das unterm Monde liegt
und je schon war, könnt' von den müden Seelen
nicht einer einzigen die Ruhe bringen.«

»Meister«, sprach ich zu ihm, »nun sag mir auch,
diese Fortuna, auf die du weis'st, wie kommt's,
dass sie die irdschen Güter in der Hand hält?«

Und er zu mir: »O ihr törichten Seelen!
Wie seid ihr mit Unwissenheit geschlagen!
Nun sollst du drüber meinen Spruch vernehmen:

Er, dessen Weisheit alles übersteigt,
erschuf die Himmel und gab ihnen Führer,
dass jeder Teil bestrahle jeden andern;

Das Licht gleichmäßig überall verteilend;
und so auch, für den Glanz der Erdengüter,
setzt' die Verwalterin er ein, die Führerin,

Dass sie, wenn's an der Zeit, die eitlen Schätze
vertausch' von Volk zu Volk, von Blut zu Blut,
wie auch des Menschen Sinn sich wehrt dagegen.

Drum herrscht ein Volk, das andre liegt darnieder,
je wie es ihrem Urteilsspruch gefällt,
der sich verbirgt wie in dem Gras die Schlange.

Kein Hemmnis ist ihr alle eure Weisheit,
sie plant, sie urteilt und vollführt ihr Werk
wie jeder andre Gott sein Reich regiert.

Ihr Wandlungseifer duldet keine Pause,
Notwendigkeit gebietet Eile ihr,
drum will so rasch der ein' dem andern folgen.

Das ist sie, die so oft mit Schimpf beladen
von denen gar, die sie doch lieben sollten,
und sie mit Unrecht tadeln und verleumden.

Doch sie ist glücklich, und sie hört es nicht.
Froh mit den andern erstgeschaffnen Wesen,
dreht ihre Kugel sie in selger Freude.

Nun steigen wir zu größern Qualen nieder.
Schon sinket jeder Stern, der aufging, als ich
den Weg begann – zu lang darf ich nicht weilen.«

Wir schritten durch den Kreis zum andern Hang,
dort über einem Quell, der siedend sich ergießt
durch einen Graben, der von ihm sich bildet.

Das Wasser war noch eher schwarz als dunkel,
und wir, begleitet von den finstern Wellen,
betraten tiefres Land auf rauem Wege.

Er bildet einen Teich, dess' Nam ist Styx,
der traurge Bach, wenn er hinabgeflossen
zum Fuß des unglückselgen, grauen Hanges.

Und ich, der ich aufmerkend um mich schaute,
sah schlammbedecktes Volk in jenem Teich,
und alle nackt und mit verstörten Mienen.

Die schlugen sich, nicht mit den Händen bloß,
nein, stießen sich mit Kopf und Brust und Füßen,
zerfleischten Stück um Stück sich mit den Zähnen.

Der gute Meister sprach: »Mein Sohn, du siehst,
die Seelen derer, die der Zorn bewältigt,
und dies auch magst du noch für sicher halten,

Dass unterm Wasser Leute sind, die seufzen
und Blasen werfen an die Oberfläche,
wie's dir dein Auge sagt, wohin du blickst.

Sie sagen, tief im Schlamm: ›Wir warn verdrossen
im holden Licht, das sich der Sonne freut,
und trugen in uns nur missmutgen Nebel.

Nun trauern wir in diesem schwarzen Schlamm.‹«
Den Hymnus gurgeln sie in ihrer Kehle,
nicht können sie's mit klaren Worten sagen.

So gingen um des schmutzgen Pfuhles Rund wir
ein Stück hin zwischen Trockenem und Nässe,
den Blick gewandt auf die, die Schlamm verschluckten.

Dann kamen wir zum Fuße eines Turms.

Inferno, VIII. Gesang

Ich fahre fort und sage: Früher noch
als wir am Fuß des Turmes angelangt,
erhoben unsre Augen sich zur Zinne,

Weil wir zwei Flämmchen dort erglühen sahen,
ein andres winkt' von ferne ihnen zu,
dass es das Auge kaum erkennen konnte.

Und ich, gewandt zum Meere aller Weisheit,
sprach: »Was soll das bedeuten? Was erwidert
das andre Feuer? Wer sind die, die's machten?«

Und er: »Schon auf den düstern Wogen her
kannst du den nahen sehn, den wir erwarten,
wenn dir des Sumpfes Dunst ihn nicht verhüllt.«

Geschnellt von eines Bogens Sehne hat
noch nie ein Pfeil so rasch die Luft durchschnitten,
als ich ein winzig kleines Schifflein sah

Durchs Wasser hin sich auf uns zu bewegen,
von einem einzgen Fährmann nur geleitet;
der rief: »Bist endlich da, verruchte Seele?«

»Phlegias, Phlegias, diesmal schreist du umsonst«,
sagte mein Führer da, »du hältst nicht länger
uns fest, als bis wir drüben angelangt.«

Wie einer, der vernimmt, dass gegen ihn
großer Betrug begangen, nun darüber zürnt,
so tat Phlegias im Zorn, der ihn erfasste.

Mein Führer stieg hinunter in das Schifflein
und hieß auch mich an seine Seite treten,
und erst, als ich darin war, schien's beladen.

Sobald mein Herr und ich im Kahne waren,
durchschnitt der alte Bug das Wasser tiefer,
als er es je getan mit andrer Ladung.

Da wir noch durch das tote Rinnsal fuhren,
taucht' einer vor mir auf mit Schlamm bedeckt
und sprach: »Wer bist du, der da kommt schon vor
der Zeit?«

Und ich: »Komm' ich, so bleibe ich doch nicht.
Doch wer bist du, so hässlich zugerichtet?«
Und er: »Du siehst wohl, dass ich einer bin, der
weint.«

Und ich zu ihm: »So bleibe denn beim Weinen
und deinem Klagen, du verruchte Seele,
ich kenn' dich wohl, so sehr du auch besudelt.«

Da reckt' er beide Hände nach dem Boot;
doch wachsam war mein Herr und stieß ihn fort
und sprach: »Hinweg mit dir, hin zu den andern
Hunden!«

Dann schlang er mir die Arme um den Hals,
küsst' beide Wangen mir und sagte: »Stolze Seele,
gesegnet sei, die dich in sich getragen.

Voll Hochmut war auf Erden dieser Mensch,
und keine Güte ziert sein Angedenken;
so ist auch hier sein Schatten wuterfüllt.

Wie viele halten droben sich für Kön'ge,
die hier im Schlamm wie Schweine stecken werden,
von sich nur Abscheu lassend und Verachtung.«

Und ich: »Gar sehr wär' ich begierig, Meister,
ihn eingetaucht zu sehn in diesen Schlamm,
eh dass den See wir beide noch verlassen.«

Und er zu mir: »Bevor sich noch das Ufer
dir zeigen wird, sollst du befriedigt sein;
solch eines Wunschs Erfüllung wirst du kosten.«

Und über kurzem sah in Stücke reißen
ich jenen durch das schlammbedeckte Volk,
dass heut noch Gott ich lobe und ihm danke.

»Drauf«, riefen alle, »auf Filippo Argenti!«
Und der zornwütge Florentinergeist
schlug sich die Zähne in das eigne Fleisch.

Hier ließen wir ihn nun, ich sprech' nicht mehr von ihm;
doch laute Schmerzenstöne schlugen an mein Ohr,
so dass das Aug ich weit nach vorne spannte.

Der gute Meister sprach: »Nunmehr, mein Sohn,
kommt näher uns die Stadt, die Dis genannt,
mit den beladnen Bürgern, mit der großen Schar.«

Und ich: »Schon kann ich, Meister, die Moscheen
dort drinnen klar erkennen in dem Tal,
wie Flammen rot, und gleich als wären sie

Dem Feur entstiegen. Und er sprach: »Das ewge Feuer,
das drinnen brennt, lässt sie so hell erscheinen,
wie du es siehst in dieser untern Hölle.«

Ins Innere kamen wir der tiefen Gräben,
die jenes gottverlassne Land umgürten;
und seine Mauern schienen mir aus Eisen.

Doch erst nach einer großen Bogenfahrt
gelangten wir zum Orte, wo der Fährmann
uns rau zurief: »Steigt aus! Dies ist der Eingang.«

Wohl mehr als tausend sah ich auf den Toren,
vom Himmel Abgefallne, wutentbrannt,
die sagten »Wer ist's, der da ohne Tod

Hinschreitet durch das Reich des toten Volkes?«
Mein Meister gab darauf ein Zeichen,
er wolle insgeheim mit ihnen sprechen.

Da dämpften um ein kleines sie die Wut,
und sagten: »Komm allein, doch er geh fort,
der so vermessen dieses Reich betrat.

Allein geh er zurück den tollen Weg,
versuch' er's, ob er's kann, und du bleibst hier,
der du ihm dieses dunkle Reich enthüllt.«

»O Leser, denk, wie mich Verzweiflung fasste
bei dieser so verruchten Worte Klang,
denn niemals glaubt' ich wieder heimzukehren.«

»O teurer Führer, der mir Schutz gewährt'
schon mehr als siebenmal, und aus so großer
Gefahr mich rettete, die mich bedrohte,

Verlass mich nicht, so hilflos, wie ich bin;
bleibt's mir versagt, noch weiter vorzudringen,
lass rasch uns wiederfinden unsere Spur!«

Und er, mein Herr, der mich bis hier geführt,
er sprach: »Sei ohne Furcht, denn unsern Weg
hält niemand auf; so mächtig ist, der ihn uns wies.

Doch warte hier, und die bedrängte Seele
erlab und tröste sie mit guter Hoffnung,
denn ich verlass' dich nicht in dieser untern Welt.«

So geht er fort und lässt mich da zurück,
der Vater hold, und ich verharr' im Zweifel,
denn Ja kämpft mit dem Nein in meinem Haupt.

Was er zu ihnen sprach, konnt' ich nicht hören,
allein nur kurze Zeit stand er bei ihnen;
ins Innre flohn im Wettlauf sie zurück.

Die Gegner schlossen meinem Herrn die Tore
dicht vor der Brust; er musste draußen bleiben
und wandte sich zu mir gehemmten Schritts.

Zur Erd' gesenkt die Augen, und die Wimpern
von jeder Zuversicht entblößt, so sprach er seufzend:
»Wer wehrt den Eingang mir zur Stadt der
Schmerzen?«

Doch sprach er so zu mir: »Wenn ich auch zürne,
verlier die Fassung nicht, der Sieg ist sicher,
wer immer auch sich drinnen zur Verteidigung rüste.

Nicht neu ist dieses ihr vermessnes Tun,
schon einmal wagten sie's an wen'ger dunklem Tor,
an dem auch heut noch sich kein Schloss befindet.

Darüber schautest du des Todes Schrift.
Und diesseits schon der Pforte steigt den Hang
hinunter,
durch alle Kreise ziehend, ungeleitet

Ein andrer, dem die Stadt sich öffnen wird.«

Inferno, IX. Gesang

Die Farbe, die mir Feigheit malt' aufs Antlitz,
als ich den Führer sah sich rückwärts wenden,
drängt' ihm die seine rasch zurück ins Innre.

Aufhorchend blieb er stehn, wie der da lauscht,
konnt' er das Auge doch nicht weithin senden
durch diesen schwarzen Dunst und dichten Nebel.

»Und dennoch müssen wir den Kampf gewinnen,
wo nicht ...; doch ein so Mächtger bot uns Hilfe!
wie sehn' ich mich, dass bald ein andrer komme!«

Ich merkte wohl, wie er verdecken wollte
den Anfang rasch mit dem, was darauf folgte,
denn ungleich war es ganz den ersten Worten.

Und dennoch weckte Furcht mir seine Rede,
weil mir erschien das abgebrochne Wort
vielleicht in schlimmrem Sinn, als er's gedacht.

»In diesen tiefen Grund des traurgen Schlundes
steigt je vom ersten Kreise einer nieder
dess' einzge Qual nur ist des Hoffens Schwund?«

Dies fragte ich, und jener: »Selten nur
geschieht's«, sprach er, »dass von den Unsern
den Weg hier einer nimmt, den ich jetzt gehe.

Wahr ist's, ein andermal schon war ich drunten,
von jener grausen Erichtho beschworen,
die rief zu ihrem Leib zurück die Schatten.

Seit kurzem war mein Fleisch von mir entblößt,
als sie mich hieß in diese Mauern treten,
um einen Geist aus Judas' Kreis zu holen.

Das ist der tiefste Ort, der dunkelste,
zufernst dem Himmel, der die andern dreht;
wohl kenne ich den Weg, drum sei getrost!

Der Pfuhl, der diesen üblen Stank verbreitet,
umgürtet rings die schmerzenreiche Stadt,
in die wir jetzt nicht ohne Kampf gelangen.«

Und mehr noch sprach er, doch ist's mir entfallen,
denn gänzlich hatt' mein Aug mich hingezogen,
zum hohen Turm mit seinen glühnden Zinnen,

Wo plötzlich dicht beisammen sich erhoben
drei höllische Furien, ganz mit Blut gefärbt,
mit weiberhaften Gliedern und Gebärden.

Umgürtet waren sie mit grünen Hydren,
Schlangen und Vipern waren ihre Haare,
die sich um ihre wilden Schläfen wanden.

Und er, dem wohl bekannt die Dienerinnen
von jener Königin der ewgen Tränen,
»Sieh dort«, sprach er, »die grimmigen Erynnien!

Die ist Megära, an der linken Seite,
und jene, die zur Rechten heult, Alekto,
Tesiphone ist in der Mitte.« – Darauf schwieg er.

Die Brust zerriss sich jede mit den Krallen,
sie schlugen sich mit Händen – schrien so laut,
dass ich vor Angst mich an den Dichter drängte.

»Medusa komm, wir machen ihn zu Stein!«
So schrien sie und starrten dort hinunter.
»Weh uns, dass Theseus' Angriff wir nicht rächten!«

»Wende dich, verhüll dein Angesicht,
denn wenn sich Gorgo zeigt, und du sie sähest,
nie wieder kehrtest du zurück nach oben!«

So sprach der Meister, und er selber wandte
mich um und traute meinen Händen nicht,
so dass mit seinen noch er mich bedeckte.

O ihr, die ihr gesunden Sinnes seid,
beachtet, welche Lehre sich verbirgt
im Schleier dieser rätselhaften Verse.

Und schon drang über diese trüben Wellen
das Dröhnen eines Tones voller Schrecken,
von dem erbebten beidseits die Gestade.

Nicht anders war es als von einem Wind,
der ungestüm vom Widerstreit der Gluten
den Wald durchpeitscht und unaufhaltsam

Die Äste knickt und bricht und mit sich trägt;
und Staub aufwirbelnd, fährt er stolz daher,
und treibt zur Flucht den Hirten und die Tiere. –

Da gab mein Aug er frei und sprach: »Nun wende
die Schärfe deines Blicks auf den uralten Schaum,
dorthin, wo dieser Dunst am schärfsten qualmt.«

Wie Frösche, die im Angesicht der Feindin,
der Natter, sich ins Wasser flüchten alle,
bis sich ein jeder auf dem Grunde duckt,

Sah ich zerstörte Seelen, über tausend,
vor *einem* so entfliehn, der, langsam schreitend,
den Styx herüberkam auf trocknen Sohlen.

Vom Antlitz wehrt' er sich die dumpfe Luft,
die Linke öfters hin und her bewegend,
und diese Müh' allein nur schien ihm lästig.

Wohl sah ich, dass vom Himmel er gesendet,
und wandte mich zum Meister, der bedeutet
zu schweigen mir, und mich vor ihm zu neigen.

O wie erschien er mir, unmutgen Zornes voll!
Er trat zum Tore, und mit einem Stäbchen
öffnet' er's weit und war kein Widerstreben.

»Vom Himmel ihr Verstoßne, schlechtes Volk«,
begann er auf der schreckensreichen Schwelle,
»von wannen kommt euch solch vermessner Trotz?

Was stemmt ihr euch entgegen jenem Willen,
dem niemals kann sein Ziel verwehret werden,
und der schon oft die Qualen euch vermehrt?

Was frommt's euch, gegens Schicksal anzurennen?
Besinnt euch wohl, auch euer Cerberus
ist noch an Kinn und Maul davon geschunden.«

Dann ging er auf dem schlammgen Pfad zurück,
und wandt' an uns sich nicht, und war wie einer,
den andre Sorge dränget und bedrückt

Als die von jenem nur, der vor ihm steht.
Und also wandten wir zur Stadt die Schritte,
getrost und ruhig nach den heilgen Worten.

Dann traten wir hinein ohn allen Streit;
und ich, der ich zu schaun den Drang verspürte,
was solche Festung wohl für Sünder berge,

Als ich nun drin war, ließ mein Aug' ich wandern
und sah zu beiden Seiten weites Land,
erfüllt von Qualen und von Sündenpein.

So wie in Arles, wo sich die Rhone staut,
so wie in Pola, wo der Golf Quarnaro
Italien beschließt und seine Ufer netzet,

Die Gräber rings die Landschaft wellig machen,
so taten sie auch hier auf allen Seiten,
nur waren sie hier von weit bittrer Art.

Denn rings aus allen Särgen sprühten Flammen,
von denen sie so durch und durch erglühten,
dass nie ein Handwerk heißres Eisen fordert.

Die Deckel waren alle aufgeschlagen,
und draus ertönten solche Klagelaute,
wie schwer Gequälten nur entsteigen können.

Und ich: »Wer sind sie, diese Menschen, Meister,
die, eingesargt in diesen Mauergrüften,
sich also schmerzlich stöhnend hören lassen?«

Er sprach zu mir: »Hier sind die großen Ketzer,
und die aus jeder Sekte ihnen folgten,
mehr als du denkst, sind angefüllt die Gräber.

Gleicher mit Gleichem ist begraben hier,
und ganz verschieden heiß sind ihre Grüfte.«
Und als zur Rechten er sich wandte, schritten

Wir zwischen Martern und den hohen Zinnen.

Inferno, X. Gesang

Nun geht er hin auf einem schmalen Pfade
zwischen des Landes Mauern und den Gräben,
der Meister mein, ich folgt' ihm auf dem Fuße.

»Du höchste Tugend, die durch die verruchten Kreise
mich führest«, hub ich an, »wie's dir gefällt
rede zu mir und stille mein Verlangen.

Die Seelen, die in diesen Gräbern liegen,
darf man sie sehn? Es sind schon weggenommen
die Deckel all und niemand wacht dabei.«

Und er zu mir: »Verschlossen werden alle,
wenn sie von Josaphat zu diesem Orte kehren
mit ihren Leibern, die sie droben ließen.

Es finden ihre Grabesstätte hier
mit Epikur sie alle, die ihm folgten,
die mit dem Leib die Seele sterben lassen.

Jedoch dem Wunsche, den an mich du richtest,
soll binnen kurzem hier Genüge werden,
und dem Verlangen auch, das du verschweigst.«

Und ich: »O gütger Herr, wenn ich verberge
mein Herz vor dir, ist wenig nur zu sprechen,
du selbst hast mir schon öfter dies empfohlen.«

»Toskaner, der du durch die Stadt des Feuers
lebendig gehst, so ehrerbietig sprechend,
ich bitte dich, verweil an diesem Ort!

Durch deiner Sprache Klang bekundest du,
dass du entstammest jener edlen Stadt,
der ich wohl allzu lästig bin gewesen.«

Die Töne drangen plötzlich her zu uns
aus einem Grab herauf, da drängt' ich mich
voll Furcht ein wenig mehr an meinen Führer.

Er aber sprach: »Was tust du? Wende dich!
Dort siehst du Farinata, aufgerichtet,
vom Gürtel aufwärts ganz erblickst du ihn.«

Schon hatt' den Blick in seinen ich gebohrt.
Er richtete empor die Brust und seine Stirne,
als hätt' er für die Hölle nur Verachtung.

Die rasche, dienstbereite Hand des Führers
stieß durch die Gräber mich zu ihm hinüber,
indem er sprach: »Bekunde deine Worte!«

Als ich am Fuße seines Grabes stand,
sah er nur kurz mich an, dann fast verächtlich:
»Wer waren deine Väter?«, fragt' er mich.

Ich, der ich zu gehorchen voll Verlangen,
verhehlt's ihm nicht und kündet' alles ihm,
worauf er seine Braun ein wenig hob

Und sprach: »Furchtbare Gegner waren
sie mir und meinen Vätern, meiner Sippe,
so dass ich zweimal sie vertrieben habe.«

Und ich: »Wenn auch vertrieben, kehrten wieder
von allen Seiten sie die beiden Male.
Die Euren lernten aber diese Kunst noch schlecht!«

Doch da erhob sich vor den Blicken, nackt,
ein Schatten neben diesem bis zum Kinn;
er hatte sich wohl auf die Knie erhoben.

Rings blickte er um mich, als wollt' er wissen,
ob noch ein andrer sei in meiner Nähe;
doch als erloschen die Vermutung ganz,

Sprach weinend er: »Wenn durch den dunklen Kerker
du gehst hier kraft der Hoheit deines Geistes:
wo bleibt mein Sohn? Wie kommt's, dass er nicht bei
dir?«

Und ich: »Aus eignen Kräften komm' ich nicht,
er, der dort meiner harrt, geleitet mich;
vielleicht hat euer Guido ihn missachtet.«

Die Worte und die Art auch seines Kummers,
sie hatten seinen Namen mir verraten;
drum war auch also treffend meine Antwort.

Und plötzlich aufgerichtet, rief er: »Wie?
Er hat missachtet? Lebt er denn nicht mehr?
Trifft seine Augen nicht das holde Licht?«

Als er bemerkte, wie zunächst ich zögernd
mit meiner Antwort etwas innehielt,
fiel er zurück und kam nicht mehr hervor.

Doch jener andre, Hochgesinnte, dem die Antwort
ich schuldig war, verzog die Miene nicht,
noch wandte er den Hals und beugte nicht die Seite.

»Und wenn«, so setzt' er das Gesagte fort,
»wenn diese Kunst sie schlecht erlernet haben,
so quält mich das noch mehr als dieses Bett.

Doch wird nicht fünfzigmal sich neu entzünden
das Angesicht der Frau, die hier regieret,
und du wirst sehn, wie schwierig diese Kunst.

Und kehrst du je zurück zum holden Lichte,
sag mir, warum ist so erbittert dieses Volk
in jeglichem Gesetz gegen die Meinen?«

»Das große Morden ist's und das Gemetzel«,
sprach ich, »von dem die Arbia rot gefärbt,
das solch Gesetz in unserm Tempel schafft.«

Und als er seufzend da das Haupt gesenkt,
»dort war ich nicht allein«, sprach er, »noch wahrlich
wär' ohne Grund ich mit den andern ausgezogen.

Doch dort war ich allein, wo es ein jeder
geduldet, dass Florenz vernichtet würde,
der einzge, der mit offner Stirne es verteidigt.«

»Ach«, bat ich ihn, »soll Euer Same je
zur Ruhe kommen, löst mir diesen Knoten,
der mein Verstehn so völlig hat verwirrt.

Es scheint, Ihr sehet, wenn ich richtig höre,
voraus schon, was die Zeit erst mit sich führt;
doch anders geht's Euch mit der Gegenwart.«

»Wir sehn, wie der, dess' Augen schwach geworden,
die Dinge«, sagt er, »die noch weit von uns;
so viel noch leuchtet uns der höchste Gott.

Wenn sie sich nähern, oder sind, ist eitel
ganz unsre Sicht; bringt's uns ein andrer nicht,
so wissen wir nichts von dem Tun der Menschen.

So magst du wohl verstehn, dass ganz erlöschen
wird unser Wissen in dem Augenblick,
wo sich der Zukunft Tor für immer schließt.«

Da sagt' ich, wie von meiner Schuld zerknirscht:
»So meldet jenem, der zurückgesunken,
dass noch bei den Lebendgen weilt sein Sohn.

Und, blieb vorhin die Antwort ich ihm schuldig,
so wiss' er, dass ich's tat, weil ich bedachte
bei mir den Irrtum, den Ihr mir gelöst.«

Und schon rief mich der Meister hin zu sich,
so bat ich noch den Geist in größrer Eile,
zu nennen mir, wer sich mit ihm befinde.

Er sprach: »Mit mehr als tausend lieg' ich hier.
Da drinnen ist der große Friederich
und auch der Kardinal; von andern schweig' ich.«

Dann barg er sich. Und ich zum alten Dichter
wandte die Schritte hin und überdachte
die Reden, die so feindlich mir geschienen.

Schon ging er weiter, und im Fürderschreiten
sagt' er zu mir: »Was bist du so verstört?«
Und ich gab Antwort ihm auf seine Frage.

»Dein Geist bewahre das, was wider dich
du eben hörtest«, so gebot der Weise,
»doch jetzt schau hierher!« Und er hob den Finger.

»Wenn vor dem holden Strahl der Frau du stehst,
die mit den schönen Augen alles sieht,
wird sie dir künden deines Lebens Reise.«

Dann wandte er zur Linken seinen Fuß.
Wir gingen von der Mauer weg zur Mitte
auf einem Weg zu einem Tal hinunter,

Das bis hier oben mit Gestank uns kränkte.

Inferno, XXVI. Gesang

Freu dich, Florenz, denn du bist ja so groß;
die Flügel schlägst du über Land und Meer,
und durch die ganze Hölle dringt dein Name!

Unter den Dieben fand ich solche fünf
von deinen Bürgern, dass mich Scham erfüllt,
und dir auch bringt es große Ehre nicht.

Doch wenn man früh am Morgen Wahres träumt,
so wirst du schon in kurzer Zeit erleben,
was Prato dir und andre sehnlichst wünschen.

Und wär's schon da, es käme nicht zu früh,
wär's doch geschehn, da es ja doch muss sein,
denn schwerer trag' ich's nur, je mehr ich altre.

Wir gingen weiter und hinauf die Stufen,
auf die wir uns gestützt beim Niederklimmen,
stieg an mein Führer und mich zog er nach.

Und weiterschreitend auf dem öden Weg
zwischen den Trümmern und der Klippe Felsen,
kam ohne Hand der Fuß nicht von der Stelle.

Da schmerzt' es mich und schmerzt noch heut mich wieder,
richt' ich den Sinn auf das, was dort ich schaute,
und straffer zügl' ich noch als sonst den Geist,

Dass er nicht hinstürmt, ohn dass Tugend leitet,
und wenn ein guter Stern, wenn Höheres mir
das Gute schenkt', ich mir's nicht selbst verderbe.

So viel der Landmann, der am Hügel ruhet,
zur Zeit, da sie, die alle Welt erleuchtet,
ihr Antlitz uns am wenigsten verhüllt,

Dann, wenn die Fliege weichet vor der Mücke,
Leuchtkäfer fliegen sieht im Tale drunten,
dort, wo er Trauben liest und pflegt zu pflügen;

Von so viel Flammen war erleuchtet rings
die achte Grube, wie ich es bemerkte,
als ich dort ankam, wo den Grund man sah.

Wie jener, der sich einst durch Bären rächte,
den Wagen des Elias sah verschwinden,
als sich die Rosse steil zum Himmel hoben,

So dass sein Aug nicht anders folgen konnte,
als dass er eine Flamme nur erblickte,
die einem Wölkchen gleich nach oben stieg,

So schwebte eine jede durch den Schlund
der Grube; keine zeigte ihre Beute,
und doch barg jede in sich einen Sünder.

Ich reckte auf dem Steg mich so zum Schauen,
dass, hätt' ich mich am Fels nicht festgehalten,
ich ohne Stoß hinabgefallen wäre.

Der Führer, als er so gespannt mich sah,
sprach: »In dem Feuer drinnen sind die Seelen,
jede umhüllt von dem, wovon sie lodert.«

»Mein Meister«, sprach ich, »da von dir ich's höre,
bin ich noch sichrer, doch schon dacht' ich's mir,
dass es so sei, und schon wollt' ich dich fragen:

Wer ist's, der in dem Feuer herankommt, oben
gespalten, als entspräng's dem Scheiterhaufen,
auf dem Eteokles verbrannte mit dem Bruder?«

Er gab zur Antwort mir: »Darinnen büßen
Ulyss und Diomed, und so gemeinsam
ziehn sie zu Gottes Rache wie einstmals zum Zorn.

In ihren Flammen drin beklagen sie
die List des Pferdes, die das Tor einst schuf,
durch das der edle Same Roms entkam.

Gebüßt wird auch der Trug, durch den im Tode
Deidamia sich noch härmet um Achill,
und fürs Palladium tragen sie die Strafe.«

»Wenn sie in diesen Flammen sprechen können«,
sagt' ich, »o Meister, bitt' ich dich gar sehr,
und nochmals – mög's für tausend Bitten gelten –,

Du wollest mir zu warten nicht verweigern,
bis die gehörnte Flamme hierherkomme,
sieh, wie ich mich zu ihr verlangend neige!«

Und er zu mir gewendet: »Deine Bitte
ist höchsten Lobes wert, und drum gewähr' ich sie;
doch halte deine Zunge lieber still,

Lass mich nur sprechen, ich hab' wohl verstanden,
was du begehrst. Leicht möchten scheuen sie
vor deiner Rede, da sie Griechen waren.«

Als sich so weit die Flamme uns genähert,
dass Ort und Zeit dem Führer günstig schien'n,
da hört' ich ihn in dieser Weise sprechen:

»O ihr, die zwei ihr seid in einem Feuer,
wenn ich's um euch verdient, solang ich lebte,
wenn ich's um euch verdient, viel oder wenig,

Als ich auf Erden schrieb die hohen Verse,
bewegt euch nicht, und einer von euch sage,
wohin er, ein Verirrter, sterben ging.«

Das größre Horn an der antiken Flamme
begann zu flackern, und es flüsterte,
wie wenn vom Winde heftig es bewegt,

Und so die Spitze hin und wider führend,
als wäre es die Zunge, die da redet',
gab's eine Stimme von sich, sprechend: »Als ich

Von Kirke fortzog, die zurückgehalten
mich länger als ein Jahr, dort bei Gaëta,
bevor Aeneas es noch so benannt,

Nicht Liebe zu dem Sohn, und nicht Verehrung
des alten Vaters, nicht die Gattenliebe,
an der Penelope sich freuen sollte,

Vermochten mir den heißen Drang zu löschen,
der mich die Erde zu erforschen trieb,
der Menschen Sünden und der Menschen Wert.

So zog ich denn aufs offne Meer hinaus,
mit einem Schiff nur und den wenigen
Gefährten, die mich nicht verlassen.

Bis Spanien sah das ein' und andre Ufer
ich, bis Marokko und der Sarden Insel,
und andre noch, die dieses Meer umspült.

Müde und alt warn ich und die Gefährten,
als wir zu jenem engen Schlund gelangt,
wo Herkules die Grenzen aufgerichtet,

Damit nicht weiter sich der Mensch begebe;
zur rechten Hand ließ ich Sevilla liegen,
zur andern hatt' schon Setta mich gelassen.

›O Brüder‹, sprach ich, ›die durch hunderttausend
Gefahren ihr zum Okzident gelangt,
dieser so kurz bemessnen Zeit des Wachens,

Die euren Sinnen noch verliehen ist,
wollt doch, der Sonne folgend, nicht versagen
des weithin unbewohnten Lands Erforschung.

Gedenkt, aus welchem Samen ihr entsprossen,
geschaffen ward ihr nicht, wie Tiere hinzuleben,
doch Tüchtigkeit euch zu erringen und Erkenntnis.‹

So heiß macht' die Gefährten ich entbrennen
für diese Reise durch die kurze Rede,
dass ich sie kaum mehr hätt' zurückgehalten.

Das Achterschiff dem Morgen zugewendet,
wurden zum tollen Flug die Ruder Flügel,
und immer hielten wir zur Linken an.

Die Sterne alle von dem andern Pole
sah schon die Nacht und unseren so tief,
dass er nicht aufstieg aus des Meeres Spiegel.

Fünfmal erhellt und fünfmal schon verdunkelt
war in der Sphäre unterm Mond das Licht,
seitdem zur hohen Fahrt wir ausgezogen,

Als in der Ferne uns ein dunkler Berg
auftauchte, und so hoch erschien er mir,
wie ich noch keinen je gesehen hatte.

Wir freuten uns, doch sollten bald wir weinen,
ein Wirbelsturm kam von der neuen Erde,
der schlug die vordre Spitze unsres Schiffs,

Dreimal dreht er's herum mit allen Wassern,
beim vierten hob's den hintern Teil nach oben,
den Bug nach unten – wie's ein andrer wollte –,

Und dann schlug über uns das Meer zusammen.

Inferno, XXXIII. Gesang

Da hob den Mund von seinem wilden Mahle
der Sünder auf und wischt' ihn an den Haaren
des Haupts, das er von hinten angefressen.

Dann hub er an: »Du willst, dass ich erneure
ohnmächtgen Schmerz, der mir das Herz erdrückt,
denk' ich nur dran – schon eh ich davon rede.

Doch sollen meine Worte Same sein
der Schande dem Verräter, an dem ich nage,
wirst du mich sprechen sehn zugleich und weinen.

Ich kenn' dich nicht, weiß nicht, auf welche Weise
du hier herunterkamst, doch Florentiner
scheinst wahrlich du zu sein, wenn ich dich höre.

So wisse denn, Graf Ugolino war ich,
und dieser hier war Erzbischof Ruggieri,
nun sag' ich dir, warum ich ihm so nahe.

Denn dass als Folge seines bösen Sinnes,
auf ihn vertrauend, ich gefangen ward
und dann getötet, brauch' ich nicht zu sagen.

Doch was zu deinen Ohren nicht gedrungen,
das ist, wie grausam dieser Tod gewesen,
so hör' und wisse, was er mir getan:

Ein kleiner Mauerspalt in jenem Turm,
der dann nach mir der Hungerturm genannt,
und der wohl manchen noch umschließen wird,

Durch seine Öffnung hatt' er mir gezeigt,
der Monde manche, als ein böser Traum
mir kam, der mir der Zukunft Schleier hob.

Der da erschien als Herr und Meister mir,
nach Wolf und Wölfchen jagend auf dem Berg,
der Lucca der Pisaner Blick entzieht,

Mit magern, gierigen und scharfen Hunden:
Gualandi und Sismondi und Lanfranchi
hatt' an die Spitze er der Jagd gestellt.

Nach kurzem Laufe schienen schon ermüdet
der Alte und die Kleinen, und ich sah
die scharfen Zähne sie in ihre Flanken schlagen.

Als ich erwachte vor dem Morgengrauen,
hört' ich im Schlafe meine Kinder weinen,
die mit mir waren und nach Brot verlangten.

Grausam bist du, wenn's dich nicht jetzt schon
schmerzt,
bedenkst du, was im Herzen ich erahnte,
und weinst du nicht, worüber weinst du dann?

Sie waren wach und näher kam die Stunde,
in der sie sonst die Speise uns gebracht,
doch jedem ahnte bang aus seinem Traum.

Da hörte ich die Tür vernageln drunten
des grauenvollen Turms – und schaute wortlos
ins Antlitz meinen Kindern, wie erstarrt.

Ich weinte nicht, doch ward ich ganz zu Stein,
Sie aber weinten und mein kleiner Anselm
sprach: ›Vater, warum blickst du so? Was ist dir?‹

Doch Tränen weint' ich nicht, noch gab ich Antwort
den ganzen Tag noch in der Nacht, die folgte,
bis abermals die Sonne aufgegangen.

Als dann ein karges Licht hereingedrungen
ins düstere Verlies, sah ich gespiegelt
an vier Gesichtern mir mein eigen Bild.

Da biss ich mich vor Schmerz in beide Hände
und jene, wähnend, dass ich's tät' aus Hunger
nach Speise, sprangen alle auf zugleich

Und sprachen: ›Vater, wen'ger möcht's uns schmerzen,
äßest von uns du – du hast uns bekleidet
mit dem elenden Fleisch, du nimm es von uns!‹

Da ward ich still, sie mehr nicht zu betrüben;
stumm blieben diesen Tag wir und den nächsten,
o harte Erd, was tatst du dich nicht auf?

Und als zum vierten Tage wir gekommen,
warf sich mein Gaddo hin vor meine Füße,
und sprach: ›Mein Vater, warum hilfst du nicht?‹

Dann starb er, und wie du mich hier erblickst,
sah ich hinsinken einen um den andern,
die drei vom fünften Tag zum sechsten – dann

Erblindet schon, sucht' ich sie mit den Händen;
zwei Tag nach ihrem Tod rief ich sie noch;
doch, stärker als der Schmerz war dann der Hunger.«

Nach diesen Worten, mit verdrehten Augen,
schlug er in das elende Haupt die Zähne,
die wie beim Hunde scharf, die Knochen malmten.

Weh Pisa, Schandmal aller Völker du,
des schönen Landes, wo das »sì« erklingt,
da lau die Nachbarn sind, dich zu bestrafen.

Ach rückten doch Caprara und Gorgona
als Dämme vor des Arno Mündung hin,
dass jeden deiner Bürger er verschlänge.

Denn ging auch das Gerücht von Ugolino,
er habe deine Schlösser dir verraten,
nicht durftest du die Kinder so ihm martern.

Unschuldig waren durch ihr junges Alter
o neues Theben! Uguccione und Brigata
und die zwei andern, die mein Lied schon nannte.

Nun gingen wir zum Orte, wo das Eis
auf raue Art ein andres Volk umschließt;
nicht auf dem Bauch liegt's, sondern auf dem Rücken.

Hier hemmt das Weinen selbst des Weinens Lauf,
der Schmerz, er findet Widerstand im Auge,
kehrt sich nach innen und vermehrt die Qual.

Die ersten Tränen, sie erstarrn in Klumpen,
wie ein kristallenes Visier erfüllen
Unter den Brauen sie die ganze Höhlung.

Und sei es auch, dass wie bei einer Schwiele
durch diese Kälte jegliche Empfindung
aus meinem Antlitz mir gewichen war,

So glaubte ich doch, leisen Wind zu spüren,
drum fragt' ich: »Meister, wer bewegt die Luft?
Ist nicht hier unten jeder Hauch erloschen?«

Doch er zu mir: »Schon bald kommst du zum Orte,
wo dir das Auge wird die Antwort geben,
wenn du die Ursach siehst, die Wind erzeugt.«

Und ein Elender in der eisgen Kruste
er schrie mir zu: »Ihr unbarmherzgen Seelen,
so sehr, dass euch der letzte Platz gegeben,

Nehmt mir vom Antlitz doch die harten Schleier,
dass ich verström' den Schmerz, der's Herz
zersprengt,
ein Weilchen nur, bis neu gefriert die Träne.«

Drum ich zu ihm: »Willst du, dass ich dir helfe,
so sage, wer du bist, und wenn ich dir's nicht löse,
verdient' ich selbst, im tiefsten Eis zu stecken.«

Da sagt' er: »Ich bin Bruder Alberigo,
der von den Früchten des unselgen Gartens,
der Datteln hier bekommt für seine Feigen.«

»Oh«, sagt' ich ihm, »so bist du denn nicht tot?«
Drauf er zu mir: »Wie's steht mit meinem Leib,
dort oben, davon hab' ich keine Kenntnis,

Denn diese Ptolemäa hat den Vorteil,
dass oft die Seele schon herunterstürzt,
bevor sie Atropos hinabgestoßen.

Und dass du um so rascher mir befreist
das Antlitz von den eingefrornen Tränen,
so wisse, wenn Verrat die Seele übt,

Wie ich es tat, wird ihr der Leib genommen
von einem Dämon, der ihn dann regiert,
bis seine Zeit noch gänzlich abgelaufen.

Sie geht zugrunde hier in solchem Brunnen;
vielleicht sieht man noch heut den Leib dort oben
des Schattens, der hier hinter mir erfriert.

Du musst es wissen, da du eben kommst,
Herr Branca d'Oria ist's, und manches Jahr
ging schon vorbei, seit er hier eingeschlossen.«

»Fürwahr«, sprach ich, »ich glaub', du willst mich narren,
denn Branca d'Oria ist noch nicht gestorben,
er isst und trinkt und schläft und kleidet sich.«

»In Malebranche«, sprach er, »in dem obern Graben,
dort wo der klebrig zähe Pechbrei brodelt,
war Michael Zanche noch nicht angekommen,

Als er an seiner Stelle einem Teufel
den Körper ließ und den des Spießgesellen,
der mit ihm den Verrat begangen hatte.

Doch strecke deine Hand nach mir jetzt aus:
Mach mir die Augen frei!« – Ich tat sie ihm nicht auf,
und edel war's, ihn schnöde zu behandeln.

O Genuesen, die ihr jede Sitte
missachtet und seid jeden Lasters voll,
o wäret ihr doch von der Erd' vertilgt!

Denn mit dem schlimmsten Geist aus der Romagna
traf einen ich der Euren, dessen Seele
für ihre Missetat schon im Kokytos badet,

Dieweil noch lebend droben scheint ihr Leib.

Paradies, XXXIII. Gesang

»O Jungfrau Mutter, Tochter deines Sohnes,
demütigstes und höchstes aller Wesen,
vom ewgen Ratschluss schon als Ziel erkoren,

Du bist es, die die menschliche Natur
so edel schuf, dass selbst ihr Schöpfer einst
es nicht verschmähte, ihr Geschöpf zu sein.

In deinem Leib entbrannte einst die Liebe,
durch deren Wärme in dem ewgen Frieden
hier diese Rose aufgegangen ist.

Die Mittagsfackel bist du hier für uns
der Liebe, drunten aber bei den Menschen
bist du der Hoffnung lebensvoller Quell.

Du Herrin bist so groß und auch so mächtig,
dass, wer die Gnade sucht, doch ohne dich,
zum Wunsche fliegen will, doch ohne Flügel.

Nicht nur hilfst du dem Flehenden allein
in deiner Güte, sondern öfters auch
kommst du zuvor freiwillig dem Verlangen.

In dir ist Mitgefühl, in dir Erbarmen,
in dir ist Herrlichkeit, in dir vereint
sich alles, was an Güte im Geschöpf.

Sieh diesen, der im allertiefsten Abgrund
des Weltalls bis hierher gesehen hat
all die im Geiste leben, einen nach dem andern.

Er fleht dich an, es möge Gnade ihm
so viel der Kraft verleihn, dass er erheben könne
die Augen bis zum allerhöchsten Heil.

Und ich, der ich nie glühender mein Schauen
ersehnte als jetzt seins, mein Flehen all
richt' ich an dich; mög' es nicht kraftlos sein!

Damit du jede Wolke ihm zerstreust
von seinem sterblich Teil mit deinen Bitten
und sich die höchste Wonne ihm entfalte,

Drum bitt' ich dich, o Königin, die, was
sie will, auch kann, er mög' nach so viel Schauen
rein sich bewahren all sein Menschliches.

Es überwinde deine Hut sein menschlich Teil;
mit andern Seligen siehst du Beatrice,
wie sie die Hände falten meiner Bitte.«

Die Augen, die von Gott geehrt und ihm so teuer,
gerichtet auf den Sprecher, zeigten uns,
wie sehr die frommen Bitten sie erfreut.

Drauf wandten sie zum ewgen Lichte sich,
in das, man darf's wohl glauben, keins der Wesen
ein Aug so hell wie dieses je versenkt.

Und ich, der ich dem Ende aller Wünsche
mich näherte, ich trieb, wie es mir zukam,
die Glut des Wunschs in mir aufs Allerhöchste.

Ein Zeichen gab mir Bernhard und er lächelt',
ich möchte aufwärts schaun, jedoch ich war
schon selber so, wie er es von mir wollte,

Weil da mein Blick, der immer reiner wurde,
nun immer mehr hineindrang in den Strahl
des hohen Lichts, das echt ist in sich selber.

Von da an war mein Schauen mächtiger
als Worte, die dem Anblick nicht gewachsen;
auch das Gedächtnis hält nicht stand der Übermacht.

Wie's jenem geht, der träumend etwas sieht,
dem nach dem Traum wohl das Gefühl verbleibt,
jedoch das andre nicht zum Geist zurückkehrt,

So ging's auch mir, denn meine Vision
erlosch fast ganz, doch träufelt' mir im Herzen
noch jetzt die Wonne, die sie mir erzeugt'.

So löst sich an der Sonne auf der Schnee,
so auch verschwand einst der Sibylle Spruch,
im Wind auf leichten Blättern fortgewirbelt.

O höchstes Licht, das so weit übersteigt
die menschlichen Begriffe, leih ein wenig
von dem, wie du dich zeigtest, meinem Geist.

Schenk meiner Zunge diese mächtge Kraft,
dass einen einzgen Funken dieser Pracht
ich hinterlasse kommenden Geschlechtern;

Wenn etwas nur mir im Gedächtnis haftet
und nur ein wenig klingt in diesen Versen,
so wird man deinen Sieg noch mehr verstehn.

Ich glaub', die Schärfe des lebendgen Strahls,
den ich ertrug, sie hätte mich geblendet,
wenn meine Augen von ihm abgewandt.

Und ich erinnere mich, dass ich dadurch
noch kühner wurde standzuhalten; so
verband mein Schaun sich mit der ewgen Kraft.

O Gnadenfülle, die den Mut mir gab,
den Blick zu senken in das ewge Licht,
ihm meine ganze Sehkraft hinzugeben.

Ich sah in seine Tiefe untertauchen,
was durch das ganze Weltall webt zerstreut,
verknüpft durch Liebe in ein einzig Bündel.

Die Wesenheiten, Eigenschaften, ihre Art,
verbunden miteinander auf die Weise,
dass, was ich sage, nur ein Widerschein.

Von diesem Band glaub' ich, die Weltenform
gesehn zu haben, weil, dies sagend,
ich fühle, wie in Wonne ich mich weite.

Ein einzger Punkt bracht' mehr des Staunens mir
als zweieinhalb Jahrtausend dem Neptun
seit jener Fahrt, da Argos ihn geschreckt.

So blickte denn mein Geist ganz hingegeben
und unbeweglich, straff und angespannt,
und immer glühender ward er im Schauen.

Von diesem Lichte wird man so erfasst,
dass man unmöglich je aus freiem Willen
von ihm sich weg zu andrem Anblick wendet.

Das Gute, unsres Willens letztes Ziel,
wird ganz in ihm vereint, und außerhalb
ist unvollkommen, was darin vollkommen.

Doch jetzt wird mangelhafter meine Rede
als die Erinnrung; wie der Säugling stammelt,
der an der Mutterbrust die Zunge netzt.

Nicht etwa, weil mehr als ein einziger Anblick
sich bot im reinen Lichte, das ich schaute,
denn es ist stets das gleiche wie zuvor,

Vielmehr, weil meine Sehkraft stärker wurde
indem ich schaute, so verwandelt' sich
der gleiche Anblick durch mein Anderswerden.

In dieser tiefen, klaren Wesenheit
des hohen Lichts erschienen mir drei Kreise
von dreien Farben und von einem Umfang.

Gleich Regenbogen schien der eine von dem andern
gespiegelt, und der dritte schien wie Feuer,
von beiden Seiten gleichermaßen sprühend.

Wie klein ist doch das Wort, wie schwächlich klingt's,
verglichen meinem Denken, dieses wieder
ist so gering, wenn ich's dem Schaun vergleiche.

O ewges Licht, das ganz in dir du ruhst,
allein dich fassen kannst, von dir begriffen,
in Liebe dich begreifst und deinem Antlitz lächelst.

Der Kreis, der wie zurückgestrahltes Licht
in dir sich zeigte, als ich längre Zeit
zu ihm mich aufmerksam gewendet, schien mir

In seinem Innern in der eignen Farbe
bemalt mit unsrem eignen Ebenbild;
drum ruhte einzig nur auf ihm mein Auge.

Gleich wie dem Geometer, der sich müht,
den Kreis genau zu messen und nicht findet
den Grundsatz, der ihm fehlt trotz allem Denken,

So war auch ich bei diesem neuen Anblick.
Ich wollte sehen, wie das Bild dem Kreis
sich zugesellt und wie es sich ihm einfügt.

Doch waren hier zu schwach die eignen Flügel;
indessen wurde da mein Geist getroffen
von einem Blitz, in dem mein Sehnen kam.

Dem hohen Flug des Schauens schwand die Kraft;
doch schon bewegte meinen Wunsch und Willen,
gleich einem Rad, das still sich dreht, die Liebe,

Die führt die Sonne und die andern Sterne.

TuttoDante

von Valentina Pattavina

Luigi Berlinguer, ehemaliger Rector magnificus der Universität von Siena, berichtet, dass er 1991, anlässlich des siebenhundertfünfzigjährigen Bestehens derselben, eine feierliche akademisch-institutionelle Veranstaltung auf die Beine stellen und dabei in irgendeiner Form die Studenten mit einbeziehen wollte. Er kam auf den Gedanken, Benigni zu Rate zu ziehen. »Was würdest du machen?«, fragte er ihn. »Dante auswendig«, antwortete der Künstler.

Benigni trat vor einem überfüllten Hörsaal auf. Dank seiner Bekanntheit waren viele Leute, angelockt von dem Gedanken, der Darbietung eines äußerst beliebten Komikers an diesem normalerweise so steifen Ort beizuwohnen, zusammengeströmt.

Sie wurden nicht enttäuscht. Benigni gab sein Bestes und löste allgemeine Begeisterung aus, aber irgendwann geschah eine Art Wunder. Der Schauspieler hielt inne, schwieg, und begann dann, den V. und VIII. Gesang der *Hölle* auswendig »aufzusagen«, wobei er jeden Vers durch Anmerkungen und Erläuterungen ergänzte. Keine Fliege rührte sich. Hinter der ungestümen Komik kam die ganze Bildung eines schlichten Menschen zum Vorschein, der sich Dante angeeignet und ihn verinnerlicht hatte. Benigni schaffte es, diese Bildung, die nicht länger nur Nahrung für wenige Ausgewählte war, den Studenten und allen Teilnehmern der Feier zu vermitteln, auf einfache, verständliche und liebenswerte Weise.

Benignis Beziehung zu Dante reicht jedoch viel weiter zurück. In der Toskana, wo der Schauspieler geboren wurde, brüstet man sich gerne damit, Teile der *Göttlichen Komödie* auswendig zu können, niemand entzieht sich diesem Ritual. So wurde Benigni von der Mutter dazu angehalten, »Dante aus dem Kopf aufzusagen«, während der Vater ihn auf die Bühne stellte, wo er zusammen mit den Stanzen-Sängern improvisieren musste.

Das Experiment in Siena hatte ein Nachspiel. 1999 wurde Benigni von vier weiteren italienischen Universitäten eingeladen, seine *Lecturae Dantis* abzuhalten: in Pisa am 12. November, in Rom am 15. November, in Padua am 22. November und in Bologna am 25. November. Überall überfüllte Hörsäle, überall Begeisterung. In Pisa mussten sogar in aller Eile Bildschirme in anderen Räumen aufgestellt werden, weil der Fußboden des großen Hörsaals »dem Gewicht nicht standhielt«. Im selben Jahr war der Film *Das Leben ist schön* mit drei Oscars ausgezeichnet worden, so dass die Universitätsveranstaltungen jedes Mal mit einem langen Gespräch zwischen Benigni und den Studenten begannen, mit Fragen und Antworten zum Film, aber auch zur Politik, zur Komik und zum Künstlerdasein. Ein Exkurs, der geradewegs zu Dante, zur Erläuterung und (niemals nur auf die bloße Lesung beschränkten) Darbietung eines Gesanges führte: in Pisa der XXXIII. Gesang der *Hölle*, in Rom der V. Gesang der *Hölle*, in Padua der XXVI. Gesang der *Hölle* und in Bologna der XXXIII. Gesang aus dem *Paradies*.

Im Januar desselben Jahres hatte Benigni übrigens den V. und VIII. Gesang der *Hölle* an der Universität von Los Angeles (UCLA) vorgetragen, während einer seiner von ihm selbst so genannten »Werbetouren« durch die USA anlässlich der bevorstehenden Oscarverleihung für seinen Film. Mit seinem Enthusiasmus und Schwung schaffte es der Schauspieler wie gewohnt, die Studenten der UCLA zu fesseln. Allerdings konnte er sich einen kleinen Seitenhieb nicht verkneifen, und verglich Los Angeles wegen seiner Weite und Größe, dem Wahn und dem Smog mit dem achten Höllengraben.

2002 wagte er schließlich etwas auf den ersten Blick vollkommen Verrücktes: Er trug den letzten Gesang aus dem *Paradies* auf dem Festival von San Remo vor. »Es war die spannendste und verrückteste Sache überhaupt«, erinnert sich Benigni. »Dante auf dem Festival von San Remo. Es war der Ort, der ihn veränderte, ihm seine Sprengkraft verlieh. Dante kam an einem Ort zum Durchbruch, der absolut nicht zu ihm zu passen schien. Ich hatte unglaubliche Angst … Aber wenn ich vor etwas Angst habe, bekomme ich Lust, mich hineinzustürzen, mich ganz darauf einzulassen. Das Risiko suchen, unbekannte Orte und gefährliche Regionen, das ist die Aufgabe der Komiker.«

Ja genau, die Aufgabe der Komiker. Solcher Komiker wie Roberto Benigni, die immer auch Revolutionäre sind, die sich mit universalen Themen wie Leben, Liebe, Sexualität, Ehebruch, Hunger und Armut auseinandersetzen. Vertreter der Commedia dell'Arte, also! Schauspieler, die aus dem Volk stammen und mit dem Volk kommunizieren wollen. Schauspieler, die auf schlichten Bühnen stehen, die vielleicht hinter einem Vorhang zum Vorschein kommen, oder auf einem Platz, einer Straße auftreten. Schauspieler, die von Stadt zu Stadt ziehen, um frei über Sexualität, Verrat und Anmaßung zu sprechen, die dabei auf Grimassen, auf eine freche, provokante Sprache voller Anspielungen und doppeldeutiger Bilder zurückgreifen, gleichzeitig aber die Zuhörer auch zum Nachdenken anregen.

Diese Kunst und diese »Revolution« sind einem Künstler wie Benigni eigen, er nutzt sie für seine Interpretation der Gesänge der *Göttlichen Komödie*. In der guten alten Tradition der Varieté-Komiker tritt er, nach kurzer Vorankündigung, allein und nackt auf eine ebenso nackte Bühne ohne jegliche gestalterischen Elemente, wenn man einmal von den paar Holzwänden absieht, die als Kulisse dienen, hinter denen Benigni mal auftaucht, mal wieder verschwindet, wie die Darsteller in der Commedia dell'Arte hinter einem Vorhang. Um von dieser Bühne aus Gefühle und Empfindungen bis in den Zuschauerraum zu übertragen, greift er auf seine ganze Körperlichkeit zurück, auf Gebärden, Geräusche, Lautmalereien und Grimassen. Wenn er den Leuten die Vorstellung von den Geizigen nahebringen will, die im VII. Gesang der *Hölle* dazu verdammt sind, Lasten mit der Brust aufeinander zu und aneinander vorbeizuwälzen, dann läuft Benigni von einem Ende der Bühne zum andern, beugt dabei den Körper, als plage er sich mit einer enormen Last, er schnauft, jammert, klagt, und inszeniert schließlich einen imaginären Dialog zwischen zwei Personen, die aneinandergeraten. Er überträgt das Ganze ins Heute, um es auf diese Weise aktuell und universal erscheinen zu lassen.

Nach der Erfahrung an den Universitäten entstand die Idee, Dante vor die Kamera zu holen. Am 23. Dezember 2002 las Benigni in den Filmstudios von Papigno, in der Provinz Terni, für Rai Uno den letzten Gesang aus dem *Paradies,* und brachte es auf insgesamt 15 Millionen Fernsehzuschauer. Mit demselben Gesang zog er im November 2003 für 100 Minuten eine 3000-köpfige Menge in den Bann, die anlässlich der Eröffnung des Humanities Festivals im Symphony Center in Chicago zusammengekommen war. »Dante in Chicago ist bloß der Anfang«, kommentiert der Künstler. »Wir werden Petrarca nach Detroit und Boccaccio nach Tucson bringen.« Im Juni 2006 las er den XXVI. Gesang der *Hölle* im römischen Amphitheater von Patras, das in jenem Jahr europäische Kulturhauptstadt war.

Dann endlich kam *TuttoDante:* vom 27. Juli 2006 an hielt Benigni auf der Piazza Santa Croce in Florenz eine Reihe von Dante-Lesungen ab. Dreizehn Gesänge, jeden Abend einer, die wie zu einer großen, zusammenhängenden Erzählung aufeinander abgestimmt waren.

»Es gab so eine Art Südkurve der *Göttlichen Komödie*«, erklärte der Schauspieler, »und die Leute verlangten ständig, dass ich das mit Paolo und Francesca, Odysseus oder Farinata bringe. Sie kamen einem vor wie Dante-Hooligans, es gab Auseinandersetzungen, Diskussionen, große Emotionen. Ich sprach von Orten, die zum Greifen nahe waren. Man bekam unmittelbar die Größe unserer Vergangenheit zu spüren.«

TuttoDante hat über 70 000 Zuschauer auf die Piazza Santa Croce gelockt. Die bis Oktober 2007 laufende

Tour mit Schwerpunkt auf dem V. Gesang der *Hölle* fand in 48 Städten insgesamt über 100 Mal vor mehr als einer Million Zuschauer statt. Die nachfolgende Ausstrahlung von Rai Uno zog bei der ersten Folge (am 29. November 2007) zehn Millionen Fernsehzuschauer vor den Bildschirm. Bis zum 14. Februar 2008 gingen dreizehn weitere Folgen auf Sendung.

In jüngerer Zeit sprach man, wegen Benignis großem Beitrag zur Verbreitung von Dante, über eine mögliche Kandidatur für den Nobelpreis 2007; der Bildungsminister Giuseppe Fioroni kündigte im Juni 2007, in Abstimmung mit dem Schauspieler, an, allen Schülern weiterführender Schulen eine DVD mit den Dante-Lesungen zur Verfügung zu stellen; es kam zu einer Lesung des V. Gesangs der *Hölle* in den Gefängnisanstalten von Opera (Mailand) und Sulmona im September 2007.

Auch die Ehrendoktortitel für »Verdienste um Dante« sollen an dieser Stelle nicht unerwähnt bleiben: in Sprach- und Literaturwissenschaften von der Universität Bologna (2002); in neuerer Philologie von der Universität Florenz (2007) und im selben Jahr die Auszeichnung von der katholischen Universität Löwen; in Literaturwissenschaft von der Universität Malta (2008); in Kommunikationswissenschaft von der jüdischen Touro University in Rom (2008).

2008 erschien bei Edizioni Valdonega in Verona eine dreibändige englische Ausgabe der *Göttlichen Komödie* in der Übersetzung von Robert und Jean Hollander mit einem Vorwort von Roberto Benigni.

In all diesen Jahren kam es natürlich auch zu Schmähungen, angefangen bei den angekündigten Eierwürfen während des Auftritts in San Remo, bis hin zum Vorwurf der Banalisierung, der Unangemessenheit, ja der »Verwerflichkeit« angesichts des Prateser Dialekts. Niemand kann jedoch bestreiten, dass Benigni der Urheber eines gewaltigen kulturellen Unternehmens ist, durch das Zehntausenden von Leuten Dante nahegebracht wurde. Ohne großes Getue ist es ihm gelungen, auf schlichte, tiefgreifende Weise Dantes Welt zu erläutern, wobei er bei seinen Zuschauern sowohl emotionale Anteilnahme als auch die Liebe zu dem wohl größten Dichter aller Zeiten geweckt hat.

»Die Frage, ob Dante immer noch aktuell sei, ist für mich so, als würde man fragen, ob die Sonne oder das Wasser aktuell seien. Ich will nur vermitteln, dass er mir gefällt, dass er mir Freude bereitet …«

Anmerkung des Verlages

Roberto Benigni behauptet, dieses Buch sei durch die Arbeit des Abhördienstes von Einaudi entstanden, er habe sich niemals träumen lassen, seine Worte irgendwann gedruckt zu sehen. Offen gestanden: Das entspricht der Wahrheit. Wir von Einaudi haben, wie viele andere, Benignis Lesungen mitverfolgt, angefangen bei den ersten Diskussionen mit Studenten, dann Stadt für Stadt, Abend für Abend. Gemeinsam haben wir den Gesängen der *Göttlichen Komödie* zugehört, die für unsere zeitgenössischen Ohren zu neuem Leben fanden.

Aber über den unvergleichlichen Moment des Vortrags hinaus, hat uns vor allem beeindruckt, auf welche Weise Benigni seine Zuhörer dazu gebracht hat, ihre Aufgabe zu erfüllen, nämlich die, zuzuhören, zu verstehen und vielleicht noch einmal nachzulesen. Eine schlichte, aber äußerst kluge Herangehensweise, ein genau aufgezeigter und gleichzeitig allen offenstehender Weg. Aus diesem Grund haben wir hier, unter Leitung von Valentina Pattavina, eine Synthese aus stundenlangen mündlichen Vorträgen zu Papier gebracht. Das Buch, das dabei herausgekommen ist, das der Leser nun zwischen den Händen hält und das auf den ersten Blick so salopp wirkt, öffnet einen Weg. Einen Weg nicht nur zur *Göttlichen Komödie*, sondern zur Dichtung ganz allgemein.

Anmerkungen

S. 6: Sacchettis Trecentonovelle – Eine Auswahl der (in Wahrheit nicht 300 sondern nur 223) von Sacchetti überlieferten Novellen ist 1991 bei Wagenbach unter dem Titel »Toskanische Novellen« erschienen. Die nachfolgenden Zitate sind dieser Ausgabe (Übersetzung von Martina Kempter) entnommen.

S. 11: Leopardis Gedicht Das Unendliche – Zitiert nach der Übersetzung von Hanno Helbling (in: Giacomo Leopardi: »Gesänge, Dialoge, Zibaldone«, Zürich, Düsseldorf 1998)

S. 17: Dante und das Schnabeltier- Eine Anspielung auf Umberto Ecos: »Kant und das Schnabeltier« (München 2000)

S. 17: Der Nachname der Rosa – Eine Anspielung auf Umberto Ecos: »Der Name der Rose« (München 1982)

S. 17: Pippo Baudo – Eine Anspielung auf Umberto Ecos: »Baudolino« (München 2001). »Baudolino« =Verkleinerung von Baudo, sprich: »der kleine Baudo«, also der Sohn von Baudo. Pippo Baudo ist außerdem ein bekannter italienischer Fernsehmoderator.

S. 20: Carlo Emilio Gadda – einer der wichtigsten italienischen Schriftsteller (1893–1973). Bekannt für eine eigenwillige, »barock« anmutende Sprache, weswegen eine Sprache, die ihn in Staunen versetzt, eine ganz besondere sein müsste.

S. 22: Mike Bongiorno – bekanntester italienischer Fernsehmoderator (1924–2009). Anspielung auf Umberto Ecos Essay »Phänomenologie eines Quizmasters«, in »Platon im Striptease-Lokal. Parodien und Travestien« (München 1990).

S. 24: Das neue Leben ist schön – Anspielung auf Dantes Vita nuova (Das neue Leben), in dem der Dichter seine Jugendliebe zu Beatrice schildert.

S. 24: Romeo sei eine Giulietta – Giulietta ist im Italienischen sowohl der Name für Shakespeares Julia als auch die Bezeichnung für das Vorläufermodell des *Alfa Romeo Giulia.*

S. 34: »Guido, i' vorrei che tu e Lapo ed io« – »Guido, ich wünschte: dich, Lapo und mich …« Zitiert nach der Übersetzung von R. Zoozmann. Der zweite Vers bezieht sich auf eine von Dante aufgestellte Liste der 60 schönsten Frauen von Florenz, wobei die hier gemeinte Frau auf dieser Liste Platz 30 einnimmt.

S. 49: Bertinotti – Fausto Bertinotti, italienischer Politiker, Mitglied der kommunistischen Partei Rifondazione Comunista.

S. 49: Dell'Utri – Merallo Dell'Utri, italienischer Politiker und enger Vertrauter Berlusconis.

S. 51: Corso Donati – Cousin von Dantes Ehefrau, Gemma Donati, sorgte nach seiner Rückkehr aus dem Exil (1301) zusammen mit seiner Familie (die zu den Weißen Guelfen, also den kaiserfreundlichen Guelfen gehörte) dafür, dass Dante ins Exil musste.

S. 61: einer auf dem Fahrrad aus Bologna – Gemeint ist Romano Prodi (ehemals Professor in Bologna) der 1996–98 und

2006/7 italienischer Ministerpräsident war und Berlusconi (mit Piratenkopftuch und Villa in Arcore) ablöste.

S. 79: Welcome *Cellini* – der Vorname Benvenuto bedeutet im Italienischen wörtlich »Willkommen«.

S. 83: Guido, ich wünschte: – die Übersetzung stammt von R. Zoozmann.

S. 84: beiden letzten hier zitierten Terzinen – sie lauten im Original:

Le sue parole e 'l modo de la pena
m' avean di costui già letto il nome;
però fu la risposta cosí piena.
Di súbito drizzato, gridò: »Come
dicesti? ›elli ebbe?‹ non viv' elli ancora?
non fiere li occhi suoi lo dolce lume?«

S. 85: Mich bittet eine Dame zu erklären – Übersetzung von Tobias Eisermann, in: Guido Cavalcanti, »Sämtliche Gedichte; Tutte le rime«, Tübingen 1990.

Die Verse, auf die Benigni Bezug nimmt, lauten im Original:

In quella parte dove sta memora
prende suo stato, sí formato, come
diaffan da lume, d'una scuritate
la quale da Marte vène, e fa demora;
elli è creato ed ha sensato nome,
d'alma costume e di cor volontate.

S. 90: So zog's mich denn – eigene, von der Manesse-Ausgabe abweichende Übersetzung.

S. 91: Väter des eigenen Vaters – So heißt es im 1. Vers von Gesang XXXIII des Paradieses: »O Jungfrau Mutter, Tochter deines Sohnes.«

Inhalt